毎日と
人間関係が
ラクになる、
「初めての人」の
俳句入門

ゼロから俳句
いきなり句会

岸本葉子

笠間書院

はじめに

今、俳句が人気らしく、面白そう。でも、いろいろ決まり事があるようで、初めの一歩が踏み出せない。俳句の知識はゼロだけど、今すぐ一句を作ってみたい。

この本はそんな、俳句をこれから始める方々に贈りたいと思います。

そして、一句作ったからには、他の人の感想を聞いてみたい。作った句を仲間と見せ合う句会は楽しいとよく聞くけれど、初心者でも参加できるのかどうか。

そんな方々の背中を押したい……というより、少々強引に俳句の世界（沼？）に引きずり込みたく、この本を書きました。

初めて一句を作るとき、どのような点に苦労するのでしょうか。俳句を始めてしばらく経つ私は、ゼロのときのことを思い出すため、まったくの初心者の方々に俳句作りに挑戦していただき、句会に参加してみていただきました。その「ゼロから俳句」（以降、「ゼロ俳」と略します）の〝実験台〟になって下さった方々が迷った点、陥りがちだった悩みを、この本には盛り込んでいます。

俳句に興味を持ったら、今すぐ一句を作ることができるように、そして、仲間と句会を始めてみたいと思ったら、どこでも句会ができるように、「句会スターターキット」(「俳句促成シート」および「句会の進め方ガイド」)を作成し、巻末付録としました。ぜひ使ってみていただきたいです。

「初心者の方々」というと、まるで私が教える立場であるかのようですが、それは誤り。いまだ学びの途上です。一句も作ったことがないときに「NHK俳句」というテレビ番組に、ゲストとして出る機会をいただき、それをきっかけに始めました。今から十八年前のことです。始めたのはいいけれど、ひとりで作っていても何が何だか全然わからず、足踏み状態。知人に誘われ句会の仲間に入れていただき、ようやっと、少しずつ前へ進み出しました。

その後、さまざまな句会に参加するようになり、現在は三つの定例の句会に通っています。いずれも月一回の頻度です。句会では、自分の句を「詠む」力と、人が作った句を「読む」力が同時に鍛えられます。

俳句の専門家ではなく、指導を仰いでいる身の私が、伝えられることがあるとしたら、句会で重ねた経験です。句会に出るため、毎月どうにかこうにか作り続けてきました。数だけは多くて、一年に四八〇句くらいに上ります。句会で人に選ばれる句をたくさん見てきました。自分の句がたまーに選ばれることもありました。

その中から「こうすれば、少なくとも一句はできます」「こうすれば〝箸か棒にかかるかもしれない〟句になります」ということはお伝えできます。

俳句を学んでいる立場での、経験則に基づく術《すべ》の公開です。例があるほうがわかりやすそうなところは、自分で例句を作ってご説明します（本文中の例句で、作者名のないものは、私が作っています）。お手本を示すものではけっしてなく「この難局をとりあえずこう乗り切った」という〝苦肉の策〟の例と受け取って下さい。お手本となる句は、ゆくゆくみなさんが読むだろう歳時記という本に、いくらでもありますので。

正統派の入門書ではないため、読んで下さった方が次のステップで別の俳句の本を読んだり、句会に参加したりすると「えっ、あの本で言っていたことと違わない？」と、とまどう場面があるかもしれません。この本が、俳句についての体系的な知識を持たない私が、それでも、自分が好きな俳句や句会へ身近な人を誘いたいがために、今すぐ一句作ることを最優先にした、ゼロからの実践本であるがゆえとして、ご容赦下さい。楽とかお得、リスク、リターンといった、俳句の先生に叱られそうな表現の出てくることも、お許し願います。不真面目なようですが、伝えたい気持ちは至って真面目です。

この本を読んで下さった方が、実際に句を作ったり、句会に参加したりするようになり、「俳句って面白い。句会って楽しい」と感じていただけると嬉しいです。行き着くところを知らない俳句という深い沼に、私といっしょにハマっていただけるなら、さらなる喜び。みなさんにとってこの本が、一生ものの趣味・俳句と出会うきっかけになることを願っています。

二〇二五年春　岸本葉子

＊本文中の句の表記はおもに『角川俳句大歳時記』（角川書店）を参考にし、歳時記は『俳句歳時記』第五版（角川ソフィア文庫）を参照しています。

目次

第3章 めざせ、脱・初心者 句会で学んだ「作句のポイント」

第1章

初めの一句、こうすれば必ず作れる

「俳句促成シート」でまず一句を作ってみよう

二つの要素があれば俳句になる

俳句を一度も作ったことがない。風流な日本語なんて知らないし、ましてや季語が載っているという歳時記など持っていない。いざ俳句を詠もうとなると、いったいどこから始めればいいのだか？　そう悩む方も多いと思います。

私が考える俳句の要件は、ごくシンプルです。

①五七五の17音であること。

②「季語」を一句に一つ入れること。

この二つの要件さえ満たせば、俳句として成立する、すなわち〝はじめの一句〟ができあがります。

ここでたちまち次の声が上がるでしょう。「ゼロからの、と銘打っておいて、季語はないでしょう」「いきなり季語と言われても、季語が何かを知らないのに」。そのことへの対処法は、すぐ後で述べるので、まずは続けさせて下さい。

俳句作りの〝実験台〟になっていただいた初心者の方々には、「季語とそれ以外の12音に分けて考えると作りやすいです」と伝えました。季語を先に決めるか、12音を先に作って後から季語を決めるか、二通り試していただきました。結果、「季語を先に決めるほうが作りやすい」という声が多数でした。

私は、季語は後から決めたい、と言われるかと思いました。季語が先だときゅうくつだと。季語があるのが、俳句は難しそう、面倒と、よく聞くからです。けれど、いざ作ろうとすると、ゼロから17音を組み立てるより、季語をとっかかりにするほうが、むしろ簡単なのかもしれません。

案ずるよりも産むが易し。さっそく付録の「俳句促成シート」（１８６ページ）を使って実践してみましょう。季語が何かをご存じなくてだいじょうぶです。幅広く使えそうな季語をいくつか、「俳句促成シート」に載せておきました。

季語は4音か5音を選ぶと作りやすい

最初は、季語を決めてから12音を作るプロセスです（「俳句促成シート」のA）。

季語とは「歳時記に載っていて、ある季節を表すことになっている言葉」「俳句にこの言葉が出ると、あの季節だなとわかるようになっている言葉」と、ここではとらえておいて下さい。例を挙げると「桜」なら「春」、「扇風機」なら「夏」というように、その言葉があると多くの人が、季節と結びつけて感じる言葉です。歳時記とは、俳句の季語を集めて季節ごとに分け、解説や例句を載せた本です。

付録の「俳句促成シート」の中では、季語の例を、春・夏・秋・冬・新年の別に紹介しています（190ページ）。これは歳時記と同じ分け方です。さっそく一つ選んでみましょう。たとえば今の季節が春だったら、春の季語の中で「石鹼玉《しゃぼんだま》」がピンとくるものがあるとか、「春風」が今日の気分に合うとか、それぞれに自由に。

4音か5音の季語を選んでおくと、後が楽です。

余談ですが、石鹼玉遊びは一年じゅうできるのに、なぜ「石鹼玉」は春の季語かというと、のどかで春らしいとか、春の陽光にふさわしいとかと、私の使う歳時記の解説にはあります。遊びでは「風船」「紙風船」「ぶらんこ」も春の季語。この季語がなぜこの季節？　という不思議さ、面白さについては第7章で紹介します。

12音は具体的なモノゴトにする

さて、季語を決めたら次は残りの12音を作ります。俳句は「侘《わ》び・寂びを詠む」という先入観があるなら、ここでキレイサッパリ捨てます。日常生活が充分に俳句になります。

今日、あなたが見聞きしたもの、行ったことは？　今、周りを見渡して観察できるものは？　そこに12音のヒント（俳句のモト）が詰まっています。

たとえば、踏切、オートバイ、看板など見たもの。電子音、雨の音、赤ちゃんの泣き声など聞いたもの。ＩＣカード、部屋の鍵、スニーカーなど使ったものや身につけたもの。あるいは、歯を磨いた、改札口を通った、自転車に乗ったなど、行ったこと。

傍点でお気づきでしょう。モノとコトが俳句のモト。このモノゴトをできるだけ具体的に思い出すのがだいじです。傍線を引きたいくらいだいじ。漠然とした雰囲気を、俳句のモトにはしません。

モトを12音にしていくときも、せっかく具体的に思い出したモノゴトを抽象的な言葉に移し替えないのがだいじ。とかく「詩を作ろう、文芸しよう」とすると、モノゴトを抽象的な次元へ上げていきがちですが、そこはガマンです。モノゴトを具体的に詠むことにより、実感のある俳句になり、他の人が読んだとき、その光景がありありと立ち上がって、その人の胸に刺さる（かもしれない）のです。次に例を挙げます。

《俳句のモト》
「改札口でＩＣカードをタッチしたとき、春風に乗ってシャボン玉がふわりとどこからか飛んできた」

↓

《例句》

○ 石鹸玉ＩＣカード押し当てて

× 石鹸玉ふわりと風に乗ってきた

× 石鹸玉私を迎えてくれるよう

「石鹸玉」は5音です（20ページ参照）。次は4音の季語で作ってみましょう。「春風」を例に取ります。

4音の季語を句の頭に持ってくる場合、「や」という切字《きれじ》を付けます。切字には他にどんなものがあるか、どういう働きをするかは後で述べます。ここではとりあえず「便利」なものと知っておいて下さい。

どう便利か。「や」の1音を付けることで、4音の季語を句の頭に置ける、すなわち選べる季語が増えます。「や」で切るので、その後の12音と意味がつながっていなくてよくなります。

便利で、かつ、17音を俳句らしくしてくれる〝魔法の文字〟。使わない手はありません。

《俳句のモト》
「春風が吹いて気持ちいい朝、たくさんの人が駅の改札口を通っていき、ＩＣカードのタッチ音が次々に鳴っていた」

←

《例句》

春風や改札口の電子音

陥りやすい落とし穴

〝二大落とし穴〟――季語が二つ／自分語り

12音のフレーズを作る際、〝二大落とし穴〟というべき、陥りがちなことがあります。注意しましょう。

一つ目は、季節感がありそうな言葉は避ける。たとえば「桜の花の三分咲き」「友といっしょに卒業式」という12音。「桜」はいつ咲きますか、「卒業式」はいつありますか？　春ですね（秋入学の場合は別として）。決まって春に出合うので、春の季語に、すでになっています。これらを含む12音を、「春風や」の5音と合体させると〈春風や桜の花の三分咲き〉〈春風や友といっしょに卒業式〉で、一句に季語が二つになります。

一句の中に季語が二つ以上入っていることを「季重なり」といい、俳句では避けたほうがいいとされています。絶対ダメというわけではないけれど、初めの一句は、スタンダードのルールで作るのが無難です。

初めて作るときは、身の回りの何が季語となっているかは、「俳句促成シート」に載っている例以外、知らない状態です。ですので、決まった季節に出合うもの、すなわち季節感のありそうなものは「季語であるリスクが高い」として避けるのです。

注意点の二つ目。「嬉しい」「寂しい」などの心情を表す言葉も、12音には入れないようにします。

俳句を作るとき、というか言葉をつむぐとき全般に、気持ちを語りたくなるものです。自分語りへの誘惑は、誰にでもあります。

俳句では、思いを直に「述べない」のがよしとされます。ある俳句の先生には、「私が語るのではなく、モノに語らせるように」とアドバイスされました。

たとえば、出勤が憂鬱だったら「憂鬱」と言わないで、通勤のリュックや電車のつり革、車で通勤ならハンドルといった、モノのようすに託すのです。

ちょっとした考えどころ

「チューリップ」は何音に数える⁉

ここで、間違えやすい音数の数え方について触れておきます。たとえば、「チューリップ」という春の季語を使うとしたら、何音と数えればよいでしょう。

正解は5音。小さい文字「ゃ、ゅ、ょ」（拗音《ようおん》）は、前の音とくっついて1音になります。ですので、「チュ」で1音、伸ばす音「ー」（長音）は1音、「リ」は1音、小さい「ッ」（促音）はそれだけで1音と数えます。よって、「チュ・ー・リ・ッ・プ」で5音になります。

「メロンパン」はどうでしょう。「ン」（撥音《はつおん》）は1音に数えます。「メ・ロ・ン・パ・ン」で5音です。

「チューリップ」と「メロンパン」を覚えておくと、音数がわからなくなったとき便利です。慣れると、一つひとつ数えなくても、五七五のリズムになっているかどうか感じ取れるようになるので、心配は要りません。

季語は前に置く？ 後ろに置く？

俳句は五七五のリズムで作るのが基本の形です。定型といいます。その17音のうち最初の5音を上五《かみご》、中間の7音を中七《なかしち》、最後の5音を下五《しもご》と呼びます。迷うのは、季語を上五に、すなわち12音のフレーズの前に置くか、それとも下五、12音の後に置くかです。季語「石鹼玉」を例に取ります。

前に置くと、読者の頭にまず「石鹼玉」のイメージが浮かびます。16ページの例句〈石鹼玉ＩＣカード押し当てて〉がこの形です。続く12音の「ＩＣカード押し当てて」は「石鹼玉」のイメージのもとで読むことになります。上五の「石鹼玉」のふわっとしたイメージが、全体を包んでいるといえます。

後に置くとどうでしょうか。今の例の12音を「押し当てるＩＣカード」の形に変えて、「押し当てる」から句が始まるとしましょう。〈押し当てるＩＣカード石鹼玉〉となります。12音のフレーズを読んだところでは、読者の頭にまだ「石鹼玉」はなく、イメージするのは、改札とかタッチ決済とか電子音のする機械っぽいものでしょう。そこへ「石鹼玉」がふわっと現れると、意外性が生まれます。

このように季語の位置によって、読者にもたらす効果が違ってくるのです。

ですが、最初はそこまで考えないで、思いついた12音の前と後と、どちらが付けやすいかで決めていいと思います。

リスクは低く、リターンは高く

最強の形

実は、いちばん作りやすくて、かつ読み手に突っ込まれにくい最強の形があります。それは、上五が4音の季語と切字「や」＋中七と下五の12音の形です。先に挙げた例句〈春風や改札口の電子音〉がそうでした。

○○○○や＋（12音）

次の句はどうでしょうか。〈春の風ゆっくり通るモノレール〉。読み手にこう突っ込まれるリスクがあります。「ゆっくり通るのは、春の風ですか、それともモノレールですか?」。「ゆっくり通る」が「春の風」につながるのか「モノレール」につながるのか、わかりにくいのです。

中七が、上五と下五のどちらにかかるのかパッと見てわかりにくい形は「山本山」と呼ばれ、あまりよくない形とされています。季語（名詞）＋中七＋モノ（名詞）の句では注意が必要です。上五の季語に切字「や」を付けて〈春風やゆっくり通るモノレール〉にすると「ゆっくり通る」がモノレールのことだと、ハッキリします。

この「季語＋や」＋中七＋名詞の形が、俳句として安定感があるとされています。ローリスク・ハイリターンの、いわば「お得な」形です。

季語と「被らない」発想を

季語を最初に決めてから、残りの12音を作る方法を紹介してきました。季語からスタートする場合、陥りやすいのが、発想が季語に引きずられてしまうことです。

いちばん引きずられる、というか、ほぼ被っているのが、季語で言っていることを、12音で繰り返し言ってしまうこと。初心者のうちは、意外と気づきません。

季語が「石鹸玉」なら「丸い」「透き通っている」と、「春風」なら「生暖かい」「吹く」と12音の中で言う。これらは「石鹸玉」「春風」の中にすでに含まれていることです。私は、つい風の季語で「吹く」、雨の季語で「降る」と言ってしまっては「風は吹くもの、雨は降るもの、季語で言っていることを二度言わない」と先生からうるさく……ではない、丁寧に指導されていました。

季語にすぐ付いて出てくるようなことを言っていたら、この注意点にひっかかっている可能性が高いです。すぐに付いて出てくること「以外で」12音を作る、頭の切り替えが大切です。

そのために、季語からいったん離れて、今日見たもの、したこと、聞いたもの、使ったものなどに俳句のモトを探すことを提案するわけです（「俳句促成シート」の②③）。

「それだったら、季語を先に決めるのでも、12音を先に作って季語を後から決めるのでも（すなわち「俳句促成シート」のAでも、Bでも）たいして変わらないじゃない」と思う方も多いでしょう。まさにそうなのです。

季語をとっかかりにするといっても、季語は12音のモトを探しにいくための、起動装置、スイッチをオンにするためのものと、ここでは考えて下さい。玉突きゲームにおける、最初のひと突きです。玉がくっついたままでは、そこで止まってしまいます。

12音を先に作る場合は、季語のスイッチがなく、自分でスイッチを入れるわけですが

（だから、たいへんと感じられるのです）、せっかく作った12音に付ける季語を、玉突きで言えば、くっつくものにしないようにしましょう。「明日からは来ない教室」という12音に「卒業式」と季語を付けたら、丸被りです。イメージが被るもの、たとえば「ふんわりと揺れるスカート」に「春の風」は、被り判定となるリスク大です。

季語の力を「借りる」つもりで俳句らしくなる

ここまでは、季語を上五に置くか、下五に置くかでした。ゼロから始めるには、17音を季語と残りの12音とに分けて、組み立てていくのが作りやすいからです。

季語を中七に置くこともあります。次のような例です。

メロンパン春の光の屋上に

中七にちょうど収まったなら、もちろんそれで構いません。季語は「春の光」。メロンパンの砂糖粒が白くキラキラと輝き、美味しそうです。仲間といっしょかもしれません。学校の昼休みのような、青春すら想像できます。

ちなみに、これが別の季語だとどうでしょうか。

メロンパン雷近き屋上に

季語は「雷」。夏の季語。何かに挑むように、決然とメロンパンの皮を噛《か》んでいそうです。ただならぬものがあります。

メロンパン秋深みたる屋上に

季語は「秋深む」。もの思いにふけりつつ、ひとり静かに齧《かじ》っていそう。皮も湿りを帯びているでしょうか。

このように季語を何にするかによって、同じモノゴトをつぶやいても、句から見えてくる光景や、句の印象が変わります。

話をわかりやすくするため、季語を「置く」という言葉を使ってきました。が、ある先生から言われたことがあります。「季語は置くのではない、働かせるものだ」。

冒頭で俳句の要件として、②に、季語を入れるとしましたが、入れるだけでなく、「働いて」くれてこそ、俳句らしくなります。季語の力が、なるべく働けるようにする、季語の力を「借りる」つもりで、入れましょう。

季語の「働き」については、追々深掘りしていきます。ここまでで、まずは一句作れそうでしょうか。「俳句促成シート」に書き込んで、ぜひ実際に作ってみて下さい。

第2章

作句の素朴な疑問Q&A

Q 季語がないとダメなの？

A なくてもいいけど、あったほうがお得！

季語がないとダメ？　五七五ぴったりの音数でなければいけないの？　俳句を作り始めるとき、頭の中はクエスチョン・マークでいっぱいです。「そこからですか？」と言われそうで、人に聞くのは気後れしそうな、そうした素朴な疑問やお悩みに、私なりに回答を示しつつ、私の学んだ作句の基本を述べていきます。

まず、初めての人を俳句に誘うと、ほぼ決まって、というくらい聞かれるのが「季語って絶対ないとダメなの？」。どの言葉が季語なのか、歳時記に載っているというけど、どの季節の歳時記を調べるのか、そもそも今が俳句で言うどの季節なのかわからない段階では、季語はなくてOKのほうが楽そうに思えるでしょう。

答えを言えば、季語がないのは絶対ダメではありませんが、俳句として、かなり損。

季語があるほうがメリットはとても大きく、ゲームならノーリスク・ハイリターンと言えるほど、断然お得です。

なぜかと言うと、季語があると、季語の力で17音がいわば「勝手に」俳句になってくれるから。季語はそうでない言葉と比べて何倍もの伝達力、イメージ喚起力があります。5音の季語は、一句の中で音数で言うと17分の5ですが、そのパワーはけっして17分の5にとどまりません。

たとえば、「春の昼」という季語があります。文字どおり、春の昼のことですが、これは単に、いつであるかを言うものではありません。「四月八日　午後一時」といったWHENに関する情報ではないのです。

一句の中に「春の昼」とあれば、読む人は「いつのことか」だけにとどまらず、暖かさに眠りを誘われるような感じ、どことないけだるさ、物憂さ、エアポケットの中にいるような空白感、何かふっと不思議なことが起こりそうな感じまで、受け取ります。これらのイメージが、季語「春の昼」には入っているのです。

歳時記の「春の昼」の解説に書いてあることもあれば、長年句会に参加して、「春の昼」の句を詠み合い・読み合いする中で、蓄積されてきた共通了解のようなものもあります。

「春の海」も同様です。単に「どこか」を言うものではありません。一句の中に「春の海」とあれば、WHEREに関する情報ではなく、穏やかな明るい光、のんびりと上下する波まで、読み手はイメージします。俳句の季語は、5W1H的なものではないのです。

もう一例を挙げてみましょう。

「銀行の隣り銀行」という12音に「年の暮」という冬の季語を付けます。

銀行の隣り銀行年の暮

すると、歳末の慌ただしい光景が見え、人々の賑《にぎ》わいや街の音まで聞こえてきませんか。駅前大通りで銀行の隣に銀行が立っているのは、一年じゅう同じです。そこへ「年の暮」という季語が付くと、あっちの銀行でも、こっちの銀行でも振込みをしないといけないような、忙《せわ》しなさや追われる感じが出てきます。

たとえば無季の句——季語がない句です——で詠んでみる。季語「年の暮」の5音の代わりに「大通り」を置いて、〈銀行の隣り銀行大通り〉という句にしてみる。するとさきほど述べた、忙しなさ、追われる感じはなく「大通りに銀行が二軒並んでいる」景に終わってしまう。「それが何か……?」となりかねません。

「年の暮」は「大通り」と同じ5音でも、等価ではなく、イメージを喚起するパワーのあることが、これらの例でピンと来るものになったでしょうか。

季語の力で、自分が詠んだ五七五の伝達力が格段に上がる、とても頼りになる存在なのです。助けを借りない手はありません。

Q 句に心情を入れないと、思いが伝わるか不安

A 季語がその役目を担ってくれます。

拙著『毎日の暮らしが深くなる季語と俳句』（笠間書院刊）で、五七五は多様なものの詰まった圧縮ファイルのようなもの、季語はそのファイルを解凍するためのパスワードであると書きました。

圧縮ファイルを、季語というパスワードで解凍したとたん、わずか17音の中からさまざまなものがあふれ出ます。

俳句を作る上での二大落とし穴の一つとして、寂しい、悲しい、嬉しいなどの心情を

表す言葉を入れないようにしましょうと、書きました。「文芸なのに、気持ちを入れなくてどうする？」と不満に思った方もいるでしょう。

なぜ、入れないか。それは季語に入っているからです。季語が自分の代わりに心情やそれ以上のことを語るからです。なのに、季語以外のパートにまで気持ちを表す言葉を入れると、被ってしまう。過剰になってしまいます。

パスワードたる季語が変わると、句の心情が変わる例を見てみましょう。

浅草の海老天丼に春惜しむ

季語は春の季語「春惜しむ」。「過ぎ行く春を惜しむこと。過ぎ去る春に対する詠嘆がことば自体に強く表れて、もの寂しさがある」季語だと、歳時記に説明されています。「詠嘆」「もの寂しさ」、まさに情です。

この季語のある「海老天丼」はどんな味でしょうか。読む人はどんなふうに味わうでしょうか。「浅草」というから東京ふうにタレは濃いだろう。甘辛のタレと揚油のしみた、しっとりした衣やご飯を、過ぎ行く春とともに、しんみりと噛みしめていそうです。

では、「春惜しむ」を同じ時期の季語「夏近し」に入れ替えると、どうでしょう。

浅草の海老天丼に夏近し

天ぷらにした海老のしっぽが、ピンと上向きに跳ねていそうです。揚げたての衣はカリッとしていそう。

季語「夏近し」の働きです。同じ時期の季語でも「夏近し」は、春が行ってしまうもの寂しさより、夏が来る期待感がまさっています。季語に入っている心情が、海老天丼の食感まで変えるのです。

Ｑ 17音は守ったほうがいいの？

Ａ 音数を守ることで安定感のあるリズムに。あえて崩す場合は……。

「五七五という17音の音数は守ったほうがいいのか」。これもよく受ける質問です。結論から言いますと、守るほうが、それも全体の音数を17にするだけでなく、五七五のリズムを守るほうがノーリスク・ハイリターン。定型の力を借りられるからです。季語がなきゃダメなの？　の問いに対する答えと似ています。

私たちは俳句を始める前から、五七五のリズムになじんでいます。「飛び出すな。車は急に止まれない」といった標語は、その好例。定型のリズムは安定感があり、読んで心地よいのです。

定型の力を最大限に借りたと、自分で思う句を挙げましょう。

二駅を過ぎて顔ぢゆういまだ汗

同じ内容を、定型でない、ふつうの文（散文といいます）で書くと「電車に乗って二駅過ぎてもいまだ汗が引かず、顔じゅう汗でした」。

まさしく「それが何か……？」で、なんともかっこうがつきません。五七五のリズムにはめ込むから、収まりがつくのです。

ちなみに「汗」は夏の季語です。季語があって、五七五の定型になっているため、このようなどうってことのない内容が、有季定型の詩に、かろうじてなっているのです。

定型を崩す場合は、上五・中七・下五の中で守りたい優先順位があります。中七の7音は、最優先で守ります。

〈石鹼玉ＩＣカード押し当てて〉の中七の句を、〈石鹼玉ＩＣカードを押し当てて〉と中八にすると、妙にもたつきます。定型のリズムの心地よさが崩れます。俳句をする人の多くが、中七の字余りに対して最も厳しいです。ハイリスク・ローリターンと言えるでしょう。

下五も5音を守るほうが、句が安定します。一方、上五の6音は割合に許容されています。作ってみて、どうしても17音に収まりきらないときは、上五を字余りにするのが無難です。

Ｑ 字余りは絶対にダメ？

Ａ ハイリスクだけど、こんな例もあります。

17音をだいぶオーバーしていても、許容されることがあります。知られた例を、いくつか挙げます。

雀《すずめ》の子そこのけそこのけ御馬が通る　小林一茶

全部で20音とかなりの字余り。しかも中七が8音、下五が7音です。セオリーから外れますが、リズムのよさで読ませてしまう句です。次は何音か、数えてみて下さい。

凡《およ》そ天下に去来程の小さき墓に参りけり　高浜虚子

全部で25音。「小さき」は俳句では「ちさき」と読むことが多く、そうだとしても24音あります。五七五どころか、七・十二・五と破天荒。ですが、口に出して読むとわかります。「およそてんかに」はひと息で、「きょらいほどの／ちさきはかに」は傍点でアクセントを強めに、勢いよく読み下し、下五は定型どおり5音で、ピタリと着地している。俳句としてこれが限界の長さ、音数の多さだろうと言われています。

去来は江戸時代の俳人、向井去来のことで、その墓に詣でた虚子は、墓の小ささが印象的だったのでしょう。およそ天下に去来ほどの……の後には、省略がありそうで、何が省略されているかを想像させます。季語は「墓参」。秋の季語です。この句では「墓に参り」という形で使っています。
虚子は、俳句を今の私たちが親しんでいる形に整理した人ですが、音数オーバーをタブーとはしませんでした。

人間吏《り》となるも風流胡瓜《きゆうり》の曲るも亦《また》　高浜虚子

という句もあります。こちらは23音。季語は「胡瓜」で夏。下五も5音でなく崩れていますが、「吏」と「胡瓜」の「り」の音で、韻を踏むようにしているところに、リズムへの意識が感じられます。
私もあえて字余りにチャレンジしました。

片道二時間ダットサンに一家乗って汐干狩《しおひがり》

25音あり、限界といわれる長さです。季語は「汐干狩」で春。上五と中七はリズミカルに読んでもらうことで押し切って、下五は5音でピタリと着地を狙いましたが、成功しているかどうか。

音数が定型より多い字余り、少ない字足らずを「破調」といいます。あまりに字数の多い破調の「攻略法」としては、下五は5音に。他は口に出してみて、リズムを確かめましょう。

けれど破調はやはりハイリスク。私の「汐干狩」の句はリスクをとってローリターンに終わっているかもしれません。

初めのうちは、五七五の17音を基本として作るのが、何度もこの言葉を使って恐縮ながら、無難です。

Q 夏に冬のことを詠んでいいの？

A 俳句は「挨拶」なので季節を守りましょう。

答えはNG。俳句には「挨拶」という性質があります。今の季節への挨拶、句会なら今日の句会を共にする人への挨拶です。

手紙を書くとき、七月であれば「酷暑の候」「厳しい暑さが続いておりますが、いかがお過ごしですか」といった季節の挨拶を入れますね。七月なのに「寒冷の候」「厳しい寒さが」などと書くことはあり得ません。それと同じように、俳句は今と別の季節のことは詠まないのです。

少しだけ深掘りしましょう。江戸時代、俳句の元になった、俳諧連歌という共同制作の詩を、今の句会のように皆が一つの場に集まり楽しんでいました。誰かが五七五を作ったら、それを受けて別の人が七七、また別の人が五七五と、次々とつなげて作っていくものです。

最初の五七五を発句《ほっく》といいますが、発句にはその場に集まった人たちへの挨拶として、その季節らしいものを詠み込むのが決まりでした。

今の俳句は、発句を俳諧連歌から切り離して、独立した詩になるようにしたものだといいます。俳諧連歌の精神と発句における約束事が、今の俳句にも受け継がれているのです。

Q 俳句では、いつからいつまでが春？

A カレンダーでチェック可能。季節を迎えに行く姿勢で。

では、自分が句を作ろうとしている「今」が、いつの季節なのか。暦との関係もあって、迷うところです。俳句における季節の区切りは、次のとおりです。

春：立春（二月四日頃）から立夏（五月六日頃）の前日まで。
夏：立夏（五月六日頃）から立秋（八月八日頃）の前日まで。
秋：立秋（八月八日頃）から立冬（十一月八日頃）の前日まで。
冬：立冬（十一月八日頃）から立春（二月四日頃）の前日まで。
新年：日にち上の区分では冬に入るが、新年の季語は、冬の季語とは別に区分する。

※立春、立夏、立秋、立冬は二十四節気の一つで、それぞれの季節の始まりです。日

にちは、年によって異なります。

手帳やカレンダーにはよく、これらの言葉が日付のそばに小さく入っています。それを見て「二月はまだ極寒なのに、春⁉」「八月は猛暑なのに、もう秋⁉」と意外に思ったことのある方はいるでしょう。体感する季節感とはかなりズレがあり、ピンと来ない季語も出てきます。

けれど俳句を始めると、立秋を過ぎたら大汗をかいていても、とりあえず秋の歳時記をめくる習慣がつきます。句会に出す必要から、そうせざるを得ないのです。すると、猛暑真っただ中でも夜になると虫が鳴いたり、ある日ふとトンボが前を横切るのに気づいたり、秋の季語になっているものが耳や目に留まるようになるものです。

ある先生は「俳句は、季節を迎えに行く姿勢で」と言いました。後ろを振り返るより、前を向くのが、俳句における季節との付き合い方だと。

先ほど、「夏に冬のことを詠むのはＮＧ」と言いましたが、別の季節であっても、晩夏に初秋を詠むフライングは許されます。少々の先取りはＯＫなのです。逆に、同じ季節内であっても、桜が散り始めているのに三分咲きの句を詠むといった、後戻りはしません。

食べ物では「はしり」が、よろこばれます。「初鰹《はつがつお》」はその好例。「初物を食べると寿命が七十五日延びる」といわれます。「新茶」や「新米」も楽しみに待たれます。収穫を祝う思いも込められていますが、俳句の季節を迎えに行く姿勢は、それらと通じるものがあるように思えます。

Q 実際に体験したものしか詠んではいけないの？

A 「上手な嘘《うそ》」を楽しんで。

ゼロ俳の人に集まっていただいた句会で、「昨日食べたものを、今日食べたことにしていいか」という質問がありました。これはＯＫ。

俳句で詠むことは実体験に限りません。嘘をついていいのです。ただし、上手につかなければなりません。見え透いた嘘はダメで、「見てきたような」嘘をつくのです。

父親と餃子《ぎょうざ》定食クリスマス

「クリスマス」の題が、句会に行ってから出て、その場でとっさに作った句です。「クリスマス」は冬の季語になっています。そのとき私の父は、すでにこの世におりませんでしたし、父と餃子定食をどこかの店で食べたことなどありません。題を聞いてただちに浮かんだ、「ローストチキン」や「ケーキ」は「クリスマス」と近すぎる、それこそ内容がもろに被るなと思い「餃子」にしました。「定食」を付けたのは、7音にする必要があるという、音数のつごうです。「定食」としたことから、店の景にする必要が出て、残り5音を「父親と」にしました。

上手く嘘がつけているかどうかは怪しいですが、実体験ではまったくない例として挙げました。

ある句会で「貝割菜」という題が出ました。飲食を伴う句会で、料理に貝割菜があったのです。「貝割菜」は秋の季語です。先生の詠んだ句は〈出荷待つ小箱の湿り貝割菜〉。私が「出荷の光景をご覧になったことがあるのですね」と感心すると「あるわけないじゃない」。見てきたものと思わせる、すばらしい嘘です。「嘘つきは俳人の始まり」とそのときに教えられました。

見え透いた嘘になるリスクはありますが、リターンは期待できます。ぜひチャレンジを。

Q 俳句の中で演じてみたい！

A 「なりきり俳句」、おおいにOKです！

「句にするのは自分でないとダメなの？」という質問もよくあります。俳人の先生によって答えが分かれるかもしれませんが、歳時記に載っている例句には、作者がその時代に生きていないなど、あきらかに「これ、作者のことではないな」と思う句があります。ゆえに私の回答はOK。俳句の中で別人になることを、私はおおいに楽しんでいます。

俳句は17音の中に「私」という言葉がなくても、読み手は、俳句における主語は「私」だと受け取ることが、共通了解となっています。それを念頭に置いた上でなお、自分のことでないことを詠む、この句の中の「私」は岸本葉子ではない人として詠むことを、私はときどきします。別人を主人公として、その人の「私」になりきって詠む。「なりきり俳句」と私は呼んでいます。

嚔《くさめ》して酒のあらかたこぼれたる

やさぐれて酒を飲んでいる男性になったつもり。「嚔」はくしゃみのことで、冬の季語です。冬の夜、わびしく一人酒をしていると、口元へ運んだお猪口《ちょこ》が、くしゃみをした拍子に大きくぶれて、お酒があらかたこぼれてしまったという情けない気分を、酒を飲めない女性の私が、詠みました。

パジャマは絹遠火事《とおかじ》を聞いている

大きな屋敷に住んでいるマダムを想像して下さい。玄関から門まで車でも距離があるような。その家の中で、高価な絹のパジャマを着たマダムが、遠くのサイレンを、どこか火事があったのねと思いながら聞いている。「遠火事」は冬の季語です。裕福な暮らしでありながら、どこか物憂げな夫人になったつもりで詠みました。句会に出すと、読んだ人から「心の中には実はその火事のように、嫉妬や恨みの炎がメラメラと……」という解釈が出て、さまざまなストーリーが語られました。

妄想の世界に浸って「なりきり俳句」を詠むのも、俳句の楽しさのひとつです。「火事」の句のすぐ後に、楽しさというのは不謹慎で気が差します。ここからは「火事」の句を離れた、なりきり俳句全般の話として読んで下さい。

なりきり俳句では、現実の自分にはあり得ないことを体験できます。小説なら何万字も書かなければならないところを、俳句であれば、17音で別の人間になれます。自分の人生で出合うはずのないシーンのただ中に、立つことができるのです。

主語は原則「私」の俳句では、例外的かもしれませんが、「生きなかった人生」を俳句の中で生きるのはアリだと思います。

Q 文語・旧仮名遣いでないとダメなの？

A 決まりはありません。ただ、この形が多いのには理由があります。

ゼロからの人を俳句に誘って、尻込みされてしまうのは、文語と旧仮名のせいがありそうに、常々感じています。「柿くへば鐘が鳴るなり」の「なり」とか、「くへば」でなく

「くへば」といったものです。それが始める壁になっているなら、もったいない！

ダメということはありません。文語＋旧仮名がマジョリティーですが、口語＋新仮名で作っている人もいます。「俳句らしくするには文語でなければ、旧仮名でなければ」と身構えず、ふだんどおりの言葉で作るのが、入りやすいでしょう。

私は始めて半年は、文語＋新仮名という変則的な形をとっていました。ダメとは誰も言いませんでした。

新仮名にしたのは、「言う」を「言ふ」などとするのは、なんとなく気恥ずかしかったのと、なじみのない旧仮名は遣いこなせないと思ったためです。

文語にしたのは、音数を節約できるから。口語の「来ない」が文語なら「来ず」や「来ぬ」。俳句は17音しかないので、1音でも減らせると、詰め込まずにすみ楽になります。

季語とのバランスもあります。「春寒し」「息白し」のように季語そのものが文語なので、残りのパートが口語だと、短い一句の中に文語と口語が混在し、違和感があるのです。

たとえば〈春寒しアンパン二つ買ってきて〉だと「春寒し」と「買ってきて」がどうもしっくりきません。季語の「春寒し」を変えるわけにいきませんから「買ってきて」を文語にし〈春寒しアンパン二つ買うて来て〉とすると、不自然でなくなります。

仮名遣いについては、私が半年で、新仮名をやめ旧仮名で作ることにしたのは、句会で私の句だとバレるからです。句会では、作者名を伏せて句を出し、参加者それぞれが好きな句を選びます。その中で、文語＋新仮名は変則的なため、悪目立ちするのです。旧仮名にしてみて、やはり文語とはこちらのほうが相性がいいと感じました。

文語か口語かの選択に関しても、俳句は文語で作る人が圧倒的に多いので、口語は作者がバレるリスクがあるといえます。読む立場になってみると、句会で口語で作った句があると「何か変わったことをしようとしているのでは」「奇をてらうようなところはないか」と身構えます。

まとめると、文語＋旧仮名はリスクが低く、リターンを不当に（？）下げることがない安全な形といえそうです。

旧仮名で何と書くかわからなくてもだいじょうぶ。たとえば「食う」という新仮名のまま電子辞書を引けば、カタカナで「クフ」と旧仮名が載っています。「ＩＣカード」といったアルファベットやカタカナの言葉を、文語＋旧仮名の句に使っても問題ありません。

第3章

めざせ、脱・初心者
句会で学んだ
「作句のポイント」

初心者時代を早く抜け出したい

さまよえるゼロ俳仲間へ

ゼロから始めるから誰もが初心者。そしてなかなか抜け出せない。俳句を始めてから半年間、自分がゲストで出た俳句番組に、作っては送っていましたが、入選どころか佳作にも、一句としてなりません。

箸にも棒にもかからないのか、棒にはかかりそうだったけど惜しくも落ちたのか。佳作が二〇〇句としたら二〇一番目の出来だったのか、あるいは、まったく俳句になっていないのか。わからないまま、家に入門書ばかりが積み重なっていくという暗黒の（？）中をさまよっていました。

句会に参加し、いろいろな人のコメントを聞くようになってからようやく、うっすらと光が射してきました。

この章では「この光をたどっていけば、暗黒を抜け出せるかも」と私が模索していること、つかんだように思うポイントを記します。歩き歩けば、その先にまた闇があるかもしれません。道が分かれていて迷ったり、「やっぱり違った」と引き返すことになったりすることもあり得ます。
「一生が模索。これでできたと思うことなんてない」という俳句の先生の言葉を聞くと、深い溜め息とともに頭を垂れ、学びの途上の私がポイントを伝授なんて百年、いや千年早いと縮こまります。そもそも俳句に限らず創作全般が「これでできた」と思ったら終わりです。

でも！（と、話していたら、ここで声を大にします）それらの気後れをすべてナシにし、この章を書くのは、ひとりで闇をさまよう心細さを知っているからです。実際、番組への投句を次第にしなくなり、俳句を離れかけていました。句会に誘っていただくまでは。

読者の方が、あの頃の私と同じ状況にいるのだったら、せっかく始めた俳句をやめてしまうのはもったいない！　と、しゃしゃり出てきたのです。

前置き（言い訳？）はこのくらいにして進みましょう。

ワンシーンの映像を作るつもりで

季語以外の12音を作る際、モノゴトをなるべく具体的に！　としつこく書きました。
句会では、選んだ句について、なぜ選んだかをコメントします。そのコメントに「景が見える」というのが、よくあるのです。

私は考えました。「そうか、選に入る可能性を高めるには、景、すなわち映像が読み手の頭に浮かぶようにするのが、一方法だな」と。

〈噎して酒のあらかたこぼれたる〉という句を、前章で例に出しました。冬の夜、わびしく一人酒をしていて、と説明しました。同じことを〈冬の夜一人わびしく酒を飲む〉という一句にしたら、どうでしょうか。音数はちょうどです。五七五のリズムになっています。季語もあります。でも、映像は浮かぶでしょうか。

映像は、ドラマでいうとシーンです。景を見せるとは、シーンを作ることだと思います。

夏のドラマを考えてみましょう。「夏の浜辺で彼と楽しい一日を過ごした」というストーリーだとします。俳句を作るとは、ストーリーをそのまんま〈夏の浜彼と楽しい一日を〉〈楽しきは彼と一日夏の浜〉などと音数のやりくりだけして、17音にすることではありません。一つのかき氷に二本のスプーンを入れて、など、夏の浜辺の楽しい一日のうちのワンシーンを作るのです。楽しさを〝見える化〟するのです。

もちろん〝見える化〟だけが道ではありません。「五感にふれるように作りましょう」

と俳句の入門書にはありますから〝聞こえる化〟〝匂う化〟〝味がする化〟〝さわれる化〟もあるでしょう。けれど、いちばん作りやすいのは〝見える化〟です。見てきたような嘘ならいける、と前章で述べたのも、〝見える化〟に成功しているからです。

名句には、見えない句もあります。〈風が吹く仏来給ふけはひあり　高浜虚子〉はその最たるものです。風と気配ですから、何も見えません。そういう例もあると知った上で、脱初心者をめざす私たちは、まずは〝見える化〟の光にすがりましょう。

避けたいＮＧワード

初心者が絶対避けたほうがよいと思うＮＧワードは、「愛」と「夢」です。ポイントを伝えるのに及び腰の私も、これは身を乗り出して言います。初めて句会に出す句を作るとき、この言葉を使う人は多いです。で、選に入ることはまずありません。

「ふるさと」「きずな」も避けるべきとは言いませんが、要注意です。考え方として、歌謡曲に出てきそうな言葉は、ローリターンと心得ておきましょう。あ、この「心」も要注意。

俳句は、世界一短い詩と言われます。その17音が具体的なことばかりだと、詩になっていない気がして、何か深そうな言葉を入れたくなるものです。〈冬の夜家の中には母の愛〉とか。

その「母の愛」を〝見える化〟する。シチュー鍋でも毛糸でもいいので小道具を使ってシーン化するのです。

「愛」といった、ムーディーでぼんやりとした言葉で抽象化しないで、逆方向へ。具体化して、映像の「解像度」を上げていきます。

もちろん「愛」「夢」が句会の題なら、この限りではありません。私の参加する句会では、鍛錬のためにあえて、こうした題の出ることがあります。「夢なんて、どう詠めというのよ」とみんな苦しみます。それほどに俳句では使いづらい言葉なのです。

歌謡曲といえば「元気をもらう」「オンリーワンの」など、どこかで聞いたようなフレーズを入れるのもリスクは超ハイ。流行語、新語、造語、略語も避けたほうがいいといわれます。「コンビニ」を詠んだ句を「略さずにコンビニエンスストアと言うように」と句会で指導していた先生もいます。

切字を使わない手はない

「間」を作る〝魔法の文字〟

避けたいのと逆で、積極的に使いたい言葉の話をします。切字です。第1章で、17音を俳句らしくしてくれる〝魔法の文字〟と述べました。

そこで紹介した「や」に「かな」「けり」を合わせた三つが代表的な切字です。「や」は上五、あるいは中七の最後に置きます。「かな」は句の末尾に、「けり」も末尾に、たまに中七の最後に置くこともあります。句の末尾を、句末といいます。

切字は、よほどの例外を除いて、一句に一つまでです。

切字の役割は、入門書にいろいろ書いてあるので、ここではあくまでも実践に即して述べます。実践の上で、私がいちばん感じているのが「間《ま》」を作る働きです。句末においても、です。

ためを作る「や」

「や」はいちばんよく使います。「や」を使うと、一句の中に間ができます。ためを作る感じ。話すときも、音楽でも「……」と間があると、何を言いだすのだろう、どう来るのだろうと思います。ちょっとした不安と「じらし」の効果があります。

春月やコンビニで買ふ漫画本

この形の句で〈春月にコンビニで買ふ漫画本〉ではいけないのかと、私は句会で聞きました。春の月に誘われてコンビニで漫画本を買う気分になったよ、という句なら「に」は充分あり得ます。返ってきた答えは、いけなくはないけれど「春月に、で次へ続けてしまったら、読み手の前を春の月がすうっと流れていってしまうじゃない。切れると、読み手の前にいったん、春月が浮かぶじゃない」。

「や」で間を作ることで、読み手の前にいったん「春月」のイメージを定着させるのだということです。

で、次に何が来るかと思えば「コンビニで買ふ漫画本」。「なるほど」と腑《ふ》に落ちるか、「なんでコンビニの漫画本なのかわからない」かは、それぞれです。いずれにせよ間がなかったら、読み手の中にこうした心の動きは起こりません。

また「や」には、切ることで、いわば画面をカット割りするような効果もあります。月は屋外で、漫画本は屋内ですから、気分としてはひと続きでも、ワンシーンに収めるには難しい。そういうとき「や」は便利です。

私は自分の作りたいシーンが「一枚の絵に描ききれないなら、や」と思っています。俳句はたった17音。いわば狭い空間を、「や」で間を置くことで、ぐっと広げられるのです。

安定の「かな」

「かな」は句の途中には、使いません。句末に置きます。句末ということは、もう終わっているのに、そこでも「間」を作る働きがあるとは、どういうことかというと、余韻を作るのです。

口語にすると「～であることだなぁ」という感じです。古文では、詠嘆と習いましたね。

「かな」で終わると、一句がどっしりと据わった感じになります。重みが加わり、安定感抜群です。活け花で言うと、剣山のような役割。水盤に置く、あの金属の台に花を固定する突起の並んだものです。句をしっかりと立ててくれるものとして、私は頼りにしています。

ファスナーの固くて春の寒さかな

歯ブラシの毛先反りたる薄暑《はくしょ》かな

この二句なんてもう「かな」があることで、俳句になっているようなものです。言っていることは、春だけど寒くてファスナーもなかなか上がらない、初夏の少し汗ばむような日に歯ブラシの毛先が反っていた、というだけ。散文にすると「それが何か……?」。何も言っていないようなことでも、俳句になるのは「かな」の力、定型の力です。使い方としては、名詞の後に付けます。

余韻がジワる「けり」

句末に置く切字でも「けり」のほうは、動詞や助動詞に付けて使います。主に句末に、たまに中七に置くこともあります。

「けり」は詠嘆や過去だと、古文で習いました。過去のことに限らず、詠嘆全般に使えるのですが、読む人は過去のような雰囲気を受け取るかもしれません。口語で「何々であったことだなぁ」と言いたいことならば、間違いないです。

「かな」との違いは、名詞に付かないことの他に、私のイメージで言えば、「かな」ほど、どっしりしません、生け花で言えば剣山でなく、スポンジに軽くサクッと挿して、後からジンワリと水がにじむ感じです。

次の句はその「サクッ」として「ジワる」感じが生きていると思います。

蠅叩《はえたたき》一日失せてゐたりけり　吉岡禅寺洞

「蠅叩」が夏の季語。

蠅叩が一日なくなっていた。散文にすると、それだけのことですが「けり」を置くとジワります。蠅叩を使いたいのに、一日なかった。「ああいうのって使いたいときに限ってどこかに行っているんだよな、ふだんはその辺に転がっているのに、蠅叩がひとりでに歩いていくわけはないから、自分でどこかにやっているんだろうけど」といった、可笑《おか》しさ、情けなさ、哀れな感じが「けり」の後の余韻としてジンワリとしみてくる……のではないでしょうか。教科書的な解説でなく、自分で使うときの感じで言っているので、言い切るには多少尻込みしますが、作句の経験から言うことにします。

「や」「かな」「けり」は日常会話には出てこないので、俳句を作るからといっていきなり取り入れるのは、照れくさいものです。けれど切字は、「それが何か……?」のモノゴトを俳句らしくしてくれるハイリターンの文字。

第1章の始めに俳句の要件として、五七五の17音であること、「季語」を一句に一つ入れることの二つを挙げました。切字は、必ず要るものではありませんが、三番目に挙げていいくらいの位置付けです。私は投句の前、自分の句がどうもシャッキリしないと感じたら、無理やりにでもどこかで切ってみて、切る前と後の句を比べてみます。

オリジナル感を出してみよう

"ひねり技"のオノマトペ

ゼロ俳の人たちの集まった句会で、「俳句促成シート」に即して作ってみていただいたところ、こんな句が出ました。

さわさわと夏野の鹿の一会かな

夏野を散策していたら、さわさわと音がして、目を凝らすと鹿が佇《たたず》んでいた、この鹿とも一期一会なのだなと感じて作った句だそうです。「鹿」は秋の季語ですが、歳時記を持たないで作るゼロ俳の段階では、これから知ればいいことですし、ましてやこの句は「夏野の」があるので、季節はわかります。

「一会」がやや抽象的ではありますが、「かな」止めで切ったことで、心情に流れず、すっきりとした鹿の姿を読者の眼裏に残しました。

「さわさわと」はオノマトペです。オノマトペとは、擬音語と擬態語の総称です。音を表すのを擬音語、音以外のようすを表すのを擬態語といいますが、その区別はここでは考える必要はなく、オノマトペの効果を考えましょう。

この句では「さわさわと」が効いています。「一会」の観念性が、この句の危うさです。

オノマトペでようすを描き、読み手の五感にふれるようにしたことで、「一会」の抽象性を補いました。

草や茂みといった言葉が、句にないことに注目して下さい。それらの言葉を出さないで伝えています。思い切った省略です。

同じことを言うのに、次の五七五だったらどうでしょうか。

草間より鹿の出てきて一会かな

わかりやすくはなります。でも、いまひとつ面白くないような。たぶん「一会」の前が全部「一会」を言うために置いてある気がしてしまうためでしょう。

「さわさわと」で、何だろうと思わせる。読み手の気を引く、興味を起こさせる。さわさわとは、ふつう葉ずれの音。風が葉を揺らしている？　そこへ鹿。意外性が出ます。

夏の川列車ねっとり渡りけり

←

ねっとりと列車の渡る夏の川

前者は、五七五のリズムあり、季語あり、切字ありの三要素を満たしていますが、後者のほうが印象的になると思います。何がねっとりとしているのかと、読み手の気をまず引いてから、列車を登場させる。列車は硬質のものですから、まだ「ねっとり」はピンと来ません。「夏の川」まで出て、ぎらぎらと反射する夏の光、鉄橋も溶け出しそうなほどの暑さ、そこを渡る列車の大儀そうな重たい音などが、読み手に伝わり「ねっとり」が実感される……のではないでしょうか。

「ないでしょうか」とまた腰砕けになったのは、この「ねっとり」が成功しているかどうかは、読者に委ねられるからです。読者にピンと来なければ、失敗です。

また、いちど成功したからといって頻繁にこの手を使うと、「またか」と思われ、飽きられます。この件に限らず、俳句において「成功体験」はマンネリのモトです。

オノマトペでもっとも成功率の低いのは、使いつくされているオノマトペです。「しっとり」濡れる、「でっぷり」太る、などは「しっとり」と「濡れる」が、「でっぷり」と「太る」が、すでにセットになっていて、オリジナリティがありません。

よそでよく使われる語句を、俳句にそのまま持ってきてあるのを「はめ込みの言葉」と俳句の先生はよく言います。「はめ込みの言葉を使わない！」と。たった17音しかないのに、自分で言わなくていい言葉に、貴重な音数を費やすな、ということです。オノマトペを使うなら、セットの言葉を外しましょう。

キラキラ輝く夏の星、のキラキラもNG。キラキラは「輝く」という言葉にすでに入っています。「星」にも含まれます。季語の話で、季語に含まれていることをもう一度言わない、と述べました（23ページ参照）。オノマトペにも、そうなるリスクの高いものがあります。

これらのことからオノマトペは、上手くいけばオリジナリティが出るけれど、手放しではおすすめしない〝ひねり技〟と位置づけておきます。

「報告句」にならないために

句会に出ていると、「報告句」という言葉をまま聞きます。最初は何が何だかわかりませんでした。今も報告句とそうでないものとを、充分には識別できていない気がします。ただ、句会に出す句を作っていると「これって報告句と言われるかも」と、なんとなく「匂う」ときがあります。そのときは、詠みたいと思ったことをあきらめるのはつらいものがありますから、まずは語順を変えてみます。

① 鰺《あじ》フライじゃぼじゃぼソースかけにけり

② 鰺フライソースかけたりじゃぼじゃぼと

③ じゃぼじゃぼとソースかけたり鰺フライ

「鰺」が季語。夏の季語です。いずれも、季語あり、五七五のリズムあり。

①は「けり」と切字入りではありますが、どうも匂う。たぶん「鰺フライにソースをじゃぼじゃぼかけました」と述べている感じ。

「何々を何々しました」という形はリスキーだと思います。「お弁当を持って、城山に登りました」的な、小学校の作文めいてしまうのです。何をしたかということより、したときのようすを詠まなくてはなりません。

②は「何々を何々しました」という形は崩せました。でも、わざわざ後ろへ持ってき

た割に「じゃぼじゃぼ」が効いていないような。鯵フライにソースをかけたところで、句が終わってしまっているのでしょう。鯵フライに、ホテルのクロケット（コロッケ）にかけるトマトソースのように、おそるおそるソースをかける人はいません。

投句したのは③です。「じゃぼじゃぼと」で気を引いてから、ソースまみれになった鯵フライが印象に残るようにしました。出来がいいとはいえませんが、少なくとも報告句との指摘は、句会ではありませんでした。

「報告句」が匂うときは、たぶん読み手に見える句になっていないときだと思います。読者に映像が見えるように詠むことを述べました。報告句の問題は、そのことと表裏一体だと感じます。

「何々して、何々を何々しました」は長すぎる

よりわかりやすくしたく、報告臭が濃厚にしそうな例句を作ってみました。

海沿ひを歩き遍路に出会ひけり

「遍路」が春の季語です。

今のままでは「海沿いを歩いていって、遍路に出会いました」という報告です。「何々して、何々を何々しました」という「何々を何々しました」よりもっと問題が……言い方がよくなかった、改善の余地の多い形です。

この場合は、詠みたいことをあきらめよ……とは言わないまでも、詠みたいことは何かを再点検する必要があります。「歩いた」ことを言いたいのか、「出会った」ことを言いたいのか、「遍路」を言いたいのか。

海沿いを歩いていって遍路に出会った、のでは句に流れる時間が長すぎます。ドラマでいえば、いくつものシーンが必要です。

この文を書きながら思ったのは、俳句はよく「瞬間を切り取れ」と言われ、そうすると、剣の居合い抜きのようなスゴ技を求められている気がして、私のような小心の人間は、「無理だ」と尻込みしてしまいます。でも「瞬間を切り取れ」とは何もそんな「のるかそるか」みたいなことではなく、「一句に流れる時間が長すぎやしないか、ワンシーンに収まるかどうか」を、腰を落ち着けてゆっくりと考えればいいだけのことと思います。

この句の中心は「歩いた」でも「出会った」でもなく「遍路」だと思います。海沿いをゆく遍路です。そのことを、次のシーンに託してはどうでしょうか。

海光を照り返したる遍路笠

「遍路笠」は「遍路」の仲間の季語。海からの光が遍路笠に反射した「瞬間」を詠む方法です。「海光」がベストかどうか、「光」と「照る」が同じことを言っていないか、さらなる検討は要りそうです。そもそも、遍路笠が光を反射する材質なのかどうかも、画像検索で調べないといけないかもしれません。

以上、脱・報告句の工程の実況でした。

語順を入れ替えてみる

「鰺フライ」の例のように語順を入れ替えてみると、句の印象はかなり変わります。「できた！」と思っても、すぐに投句しないで、語順を入れ替えて比べてみましょう。

比べる例を作りました。

① 春の宵レコードの針上下する

② レコードの針上下する春の宵

③ 上下するレコードの針春の宵

どれが正解ということはありません。

この句の「今」は「春の宵」であることを先に示して、読者に春の宵の雰囲気の中で、レコードの針の上下を眺めてほしいなら①。

「レコードの針」というピンポイントに、読者の視点を合わせてから、「上下する」動きへ、それを包む雰囲気へと、徐々に広げていくなら②。

「上下する」動きをまず出して、何だろうと思わせてから「レコードの針」を見せて、ピンポイントから急に「春の宵」へ拡大するなら③。

どの順で読者に見せたいか、自分が焦点を当てたいのはどこか、いろいろと探ってみましょう。主語＋術語が離れていいし、逆になっても(倒置しても)いいです。基本的には、句末に置くものが、読後の印象にもっとも残ります。

推敲《すいこう》では、ここをチェック

避けたい「三段切れ」

句の中に切れが二つあることを、三段切れといいます。句会ではほぼアウトとなります。

切れは切字のあるところと限りません。切字がなくても文章で言う「。」の付くところは、そこで終わりなので、切れます。

ちなみに上記三句の、句中の切れは次のようになります。

①春の宵／レコードの針上下する
②レコードの針上下する／春の宵
③上下するレコードの針／春の宵

①と②の「レコードの針上下する」は「レコードの針」と「上下する」との間に助詞の「が」が省略されています。助詞が省略されているだけのところは、切れではありません。俳

句では「が」「を」はよく省略されます。

②は「上下する」と「春の宵」が切れるとしましたが、実は微妙。「する」が終止形とも連体形とも読めます。終止形なら、文章でいえば「。」が付くので、そこで切れます。連体形なら、後の「春の宵」とつながるので、切れが句の中にない句となります。私は終止形ととり、切れを示す「／」を入れました。

③の「上下する」の「する」は連体形です。後の「レコードの針」につながる形です。ちなみに文語では終止形は「す」なので、「実は……」として書いた読みのブレは起こりません。その点でも文語はおすすめです。

もし③が次の五七五だったら三段切れになります。

上下せり／レコードの針／春の宵

「せり」は「す」に「り」という助動詞の終止形がついたもので、終止形ということは、すなわち「。」が付くところであって、そこで切れます。

三段切れは、17音の短さでは「切れすぎ」です。リズムがぶつ切りになりますし、どこが焦点かわからなくなります。

三段切れかどうか迷った例が、自分の句で二つあります。

四畳半・裸・経済学序説

「裸」が題のとき作った句です。私は最初、次の17音にしていました。〈経済学序説裸の四畳半〉。〈経済学序説／裸の四畳半〉と、句中の切れは一つです。すると俳句の先生が即座に「この句は、こうしたほうが断然面白い」と例句の形に変えたのです。

私は驚きました。俳句に中黒ってアリなのか。中黒「・」は並列のときに使います。歳時記の例句には、極めて少ないです。

「・」で切れて、三段切れではないかと迷いましたが、先生の「断然」に押されて、自分の句集にもこの形で載せました。年に四〇〇句以上作っている私ですが「・」を使ったのは、後にも先にもこの句だけです。

句が何のことかピンと来ないまま、次の句に移るのもよくないので、軽く説明すると、貧乏学生が狭く蒸し暑い下宿で、難しい本を読んでいるシーンを作りました。「裸」でするのは「行水」「夕涼み」「昼寝」あたりが穏当ですが、それらは夏の季語で「季重なり」になるため、苦肉の策です。

もう一つの迷いは、並列に関してです。「・」アリなら並列はＯＫか、という問いです。

棒きれと中学生と冬の海

この句は、俳句の先生が多く参加した句会で、何人かに選んでいただきました。が、ある先生は指摘しました。「と」でモノを結んだ「並列」は、この句ではうまくいっているとしても、好ましくはない。「切れ」はないものの分散しがちだし、安易な感じがすると。

安易とは、まさしくそうで、この形を覚えてしまうといくらでも作れて、それらしくはなるのです。〈オリーブとマヨルカ焼と初夏の風〉とか。心情を述べる言葉を入れないで、景を作れてしまいます。量産はできるけど、思考停止を招く形だなと、しばらく作ってみて思いました。成功体験はマンネリの元、というういい例です。

三段切れの話で、必ず出てくるのが次の句です。

目には青葉山郭公《やまほととぎす》はつ鰹　山口素堂

三段切れでも名句がある、並列だからOKなのだ、などと語られます。たしかにこの句はモノづくしのような面白さがあるけれど、句作における三段切れの可否というテーマでは、この句のことは考えなくていいと思います。山口素堂は江戸時代前期から中期の人。江戸時代の作句のルールは、今の俳句のルールとかなり違います。季重なりなんてザラです。この句も一句に季語が三つあります。

今の私たちがNGでない三段切れは何かを考えるなら、むしろ次の句が参考になるでしょう。

初蝶《はつちょう》来《く》／何色と問ふ／黄と答ふ　高浜虚子

季語は「初蝶」。今シーズン初めて蝶が来た、何色だったかと聞いた、黄色と答えた。「初蝶」の来た心の弾み、春のよろこびが、五七五を通して表れていて、分散しません。五七五それぞれの末尾の音も「く」「う」「う」と韻を踏んで、たたみかけるようなリズムがあります。

基本的にはNG、ただしNG理由をこんなふうに克服した句もあると知っておきたく、紹介する次第です。

考えすぎたら、初案に戻る

語順を入れ替えたり、言葉そのものを取り替えたりして、考えに考えた句がベターとは限らないのが、俳句の面白いところです。「句会あるある」なのは、タップリと時間をかけて熟考した句よりも、投句締切間際にパパッと作った句のほうが、高評価を受けることです。

もちろん「一丁上がり！」とばかりにすぐ出すことをおすすめするのではなく、この章に書いてきたポイントは、充分に検討したいです。しかしながら、考えすぎで句の勢いがなくなったり、伝わりにくくなったりすることが、往々にして起こります。

例に則してみましょう。

① **秋風や納戸より出す朱塗り膳**

最初の五七五です。何か物足りなく感じて、次のように推敲したとします。

② **秋風や家に伝わる朱塗り膳**

③ 秋風や母の遺愛の朱塗り膳

「納戸」を止めて「朱塗り膳」に意味を持たせようとしたのです。

推敲するほど、映像の解像度が下がっています。②は「納戸」はなくなっても「家」がまだ残っています。③は「家」すらなくなって「遺愛」という言葉が出てきました。解像度が下がる代わりに、抽象度が上がっています。

「納戸より出す」と言えば、読み手には「納戸にしまってあったくらいだから、古くからあるもの」とわかります。「納戸」の暗さや静けさ、寝起きの空間から切り離された特別感を、自分の体験から思い出す人もいるでしょう。「納戸」が想像をふくらませるのです。

②③と進むにつれ、読み手が想像をふくらませるとっかかりは引っ込められ、観念の提示となります。

さまざまな句会で「迷ったら語順を入れ替えてみよ」「季語を変えてみよ」と助言されます。そして「行き詰まったら初案に戻れ」と。究極の推敲といえるでしょうか。

できた！　のつもりが「あるある俳句」

句会は原則として、選んだ句を褒めます。例外として人の選んだ句を、選ばなかった人が否定しないまでも、さりげなく「ディス」ることがあります。そういうときを聞き逃さない！　作句の貴重なヒントです。

ディスりワードの一つが「絵葉書俳句ですね」。風光明媚《めいび》なロケーションでの句会でまま起こります。若葉の谷に赤い橋が架かっていれば「谷の緑に赤い橋」といった句が必ず出てきます。絵葉書やカレンダーの写真にありそうな景。ガイドブックでその地を紹介するなら、必ずといっていいほど載せる、その地を代表的する景。そうした「いかにも」の景の俳句を、これを絵葉書俳句と呼びます。

絵葉書俳句に限らず、誰もが思い描く、最大公約数的な俳句はあります。俳句番組に七年関わる間に、選句をする先生からたくさん聞きました。柿といえば夕陽に照らされ……同じ赤でも朝陽にはなぜか照らされず、藁葺《わらぶ》き屋根の向こうの枝先にたった一つ残っていて……。

日本の原風景として、私たちの中に刷り込まれているのかもしれず、文化の継承という点であながち否定するものではありません。が、俳句にそのまま詠んでしまうと、あまりに「あるある」。

「あるある俳句」にならないためには、自分が五七五で作った景の出どころを探ってみることです。どこかで見たようなシーンではないか。どこかで聞いたようなフレーズではないか。柿の例なら、童謡？　童話の挿し絵？　流行り歌、ＣＭ、諺《ことわざ》、仏教用語、など。パッと「できた！」句ほど特に注意です。どこかからそのまま持ってきてはいないか。童謡まで記憶をたどりつつ、疑ってみましょう。

原風景と似ているものに、日本人の共同幻想と言いましょうか、「〜とはこういうもの」という観念のようなものがあります。母は小さく、どこへも出かけない、父の背中は大きく、子ははしゃぐなどの、郷愁と願望の入り交じったステレオタイプ的イメージ。これらを詠むのも「あるある俳句」です。

原風景や共同幻想どまん中の句は、類想になってしまいます。類想とは、先行句に似た発想のあること、似たような発想をする人が多いことです。

俳句を始めたばかりだと、類想句を作ってしまいがちです。歳時記に載っている例句を「こういうのが俳句らしいのか」と思って、ついそのイメージをなぞったり、逆に「オリジナルな句ができた！」と思って、句会に出すと、自分が知らないだけで似た句で有名なのがあったり。そうした経験が句会で続くと「これもまたオリジナルなつもりで、あるあるでは？」と怖じ気づいてしまいます。

そういう私に、句会である人が言いました。水道の蛇口をひねると、最初に出てくるのは、溜まっていた古い水。それを出し切ったところで、新鮮な水が出てくる。それと同じで「最初は類想を避けようとしても無理だから、類想かどうかなどと考えず、とにかくどんどん出しなさい」。その人が初心の頃、先生に言われたことだそうです。

イメージの出どころを探る、ステレオタイプを避けることはした上で、後は「とにかく作る」のがよさそうです。

季語の選び方

「季語が動く」と言われたくない

ディスりワードをもう一つ紹介すると「季語が動きますね」。句会でそう評される句が、ままあります。「この季語でなくてもいいのでは？　他の季語でも言えてしまうのでは？」という指摘です。

季語は、その句にとって他の季語に替えることができないのが望ましいとされています。

理想はそうでも、現実にはなぜ季語が動くのか。それは俳句の作り方とおおいに関係します。

俳句の作り方には、大きく分けて二つあります。

一つは、この本でゼロ俳の作り方として紹介しているもの。「俳句促成シート」に載っているものです。第1章で詳しく述べたように、そこでは俳句を季語パートと季語以外のパートに分けて考えて、後から合体させました。このように季語と、季語と直接関係ない別のものとの二つで作る方法を「取り合わせ」といいます。

もう一つの方法は、一つのことのみで作る方法です。「一物仕立《いちぶつじた》て」といいます。俳句は季語を含みますから、「一つのこと」はおのずと季語のことになります。

さきに紹介した〈蝿叩一日失せてゐたりけり〉（吉岡禅寺洞）はこの例です。季語の蝿叩のことだけを言っています。

季節の題を詠む、日本の詩歌の伝統からすると、一物仕立てのほうが正統といえそうです。では、なぜゼロ俳で一物仕立てから入らなかったかというと、一物仕立ては、初心者の私にとっても難しかったからです。

季語のことを言おうとすると、季語にすでに入っていることを言ってしまいます。23ページで述べたように「春風」なら「暖かい」とか「吹く」とか。歳時記の季語の説明を五七五にしたのと変わりなくなってしまうのですが、なかなかそれに気づけません。

俳句に親しみ始めてから目にする俳句は、取り合わせのほうが圧倒的に多いです。歳時記の例句には、一物仕立てが割とよく見られますが、その季語がどういうものであるかを早く理解できるよう、そのようなセレクションをしているのでしょう。

取り合わせで作った句の「季語が動く」のは、ある程度は、仕方ないと思います。が、春の季語が、同じ春の季語の中で取り替えがきくならまだしも、「冬でも夏でも言えそう」なのは、避けたいです。

「季語が動く」かどうかを確かめる方法があります。自分が選んだ季語と正反対の季語に置き換えてみるのです。

たとえば「春の昼」という季語を選んだなら、「秋の宵」や「秋の夕」を入れてみる。「秋の宵」でもこの句は成り立つなと感じたら、かなり動くと判定できます。

正反対までは行かない、〃近隣〃の季語はどうでしょうか。

さきに〈浅草の海老天丼に春惜しむ〉の季語「春惜しむ」を、同じ春の、しかも春の終わりの「夏近し」に変える実験をしました。〈浅草の海老天丼に夏近し〉です。

この二句で起きたことは、海老天丼の見え方の変化です。「季語が動く」というよりも、季語によって句の印象が変わるのです。

自分の詠みたいことは、天つゆのしみてしっとりした衣か、勢いよく跳ねた海老の尻尾か、どちらかをよく考えて、それをいちばん伝える季語を〃近隣〃の季語との比較検討で探ることになります。

季語を「働かせる」

さきほどから使っている「選ぶ」「置く」という言葉が、そもそも違うとする俳句の先生はいます。

ある先生は言いました。「季語は置くものではない、働くもの」。この言葉、先に紹介したでしょうか。目の前の話にのめり込んでしまって、忘れました(すみません……)。

季語が一句の中で働いていないと「季語が動く」と評されるのでしょう。が、働いているかどうか、自分ではなかなかわかりません。ゆえに、句会で人に判定してもらう経験を積むのです。

「働いている」と言われた例を紹介します。

八月の舗装道路の行止り

舗装道路がT字路になっているのを詠んだだけです。「八月」は、八月に行われた句会だからでした。

評した人は、「八月」が行き止まりと合っていると。歳時記では秋になりますが、実感では、夏の終わりというどん詰まり感がある。舗装面からの陽ざしの照り返し、「これ以上は無理」と感じさせるような、強いぎらつきもある。「七月」にも「九月」にも替えられないということです。

黄落《こうらく》や金管楽器奏でをり

「黄落」は秋の季語。イチョウ、ケヤキ、クヌギ、ポプラなどの黄色くなった葉がとめどなく落ちることをいいます。金管楽器をなぜ取り合わせたかは、よく覚えていません。

たぶん「管」あたりが題で、とっさに作ったのだと思います。句会では、季語ではなく漢字一文字が題に出ることが、ままあります。

選んだ人は、葉がきらきらと落ちるようすと、天から降ってくるような音とが合っているという評でした。

自分で読み返すと「黄」と「金」の色が近すぎて、出来はよくない気がしますが、「黄」だけでなく「落」に響き合いを、読んだ人が感じてくれたなら、この季語は働いていたのかもしれません。

取り合わせの句で季語パートと季語以外のパートは、直接の関係はないけれど、通底するものがあるとき、「響き合う」と評されます。因果関係はないけれど、シンクロするものがある、と言い換えられます。

一句の中に因果関係を作らず、シンクロする季語を置くのが（置く、選ぶという言葉を使ってしまいますが）脱・初心者の季語選びといえそうです。

第4章

季語力を鍛える

季語があるから俳句が作れる

「覚える」という考えをまず捨てる

俳句を始めてみたいけれど、決まり事が多そうなのはどうも……。その決まりとして真っ先に思い浮かぶのが季語でしょう。

使いたい言葉が季語なのかどうかわからない。歳時記なるものを見ればわかるというから、持っている人に見せてもらう。すると目次に並んでいる言葉から「それって何？」のものだらけ。昔はふつうだったのかもしれないけれど「今の私」からはかけ離れている。こういう言葉を知っておかないといけないなんて、とっても面倒。話し言葉で作れる短歌のほうがまだとっつきやすそう。そう思って、ゼロ俳の入口で引き返してしまう人もいるのでは。

ゼロから始めて、結果的に脱落しないで来ている私は声を大にして言いたい。「季語があるから、俳句らしいものをどうにか作れた、続けることできた」。季語がなくて「どんな言葉でも自由に使って詠んで下さい」では、何をどうしたらいいかわからず、途方に暮れていたでしょう。

私には季語こそ俳句の要。その季語を、この章では深掘りしていきます。

歳時記という語がこれまで再三出てきたとおり、俳句の季語を集めた本が歳時記。初めて見るとページ数に怯《ひる》み、季語の多さに圧倒されます。

ここで解きたい誤解。歳時記は英語の試験前に覚える単語帳と違います。暗記する必要はまったくありません。季語の多さに怯むのは「これ全部覚えないといけないの?」と絶望するからだと思います。

頭に入っていなくても、俳句を作るときそのつど引けばいいのです。句会にもみんな持ってきています。いわば試験場に持ち込みOKな公認の〝カンニングペーパー〟です。

俳句のプロである俳人でさえ、実際に使いこなしている季語はせいぜい三〇〇個ぐらいといわれます。「語彙がないから」と、俳句に尻込みする人は異口同音に言いますが、そんなもの（とは言い方が悪いですが）は要りません。むしろ語彙のないことを気にしているなら、歳時記を繰り返しめくっていくうちおのずとついてくるので、俳句はおすすめです。

「では歳時記なるものを買ってみよう」と書店なりネット書店なりを覗くと、種類の多さにまたまた怯むでしょう。まずはハンディな文庫版が便利です。春、夏、秋、冬、新年と、季節ごとに五分冊になっているものをおすすめします。一冊にまとまっているものより、持ち運びしやすいです。

そのうち大型のが欲しくなります。大型のは、収録してある季語が多くて解説や例句も豊富。句会でみなと同じ題で作るにも、大型のにしか載っていない言い換えの季語を使えると、ちょっといい気分になれます（句会で点が入るかどうかは別）。

新年の分冊には、五冊ぶんすべての季語の総索引が付いています。これは「季語リスト」として使えて便利。私はそこだけ切り取って、春なら春の分冊と共に持ち歩いていました。

たとえば春に、「花見」という季語が題に出て、花見のレジャーシートにビールがたくさん並んでいたことを詠もうとして「ちょっと待て」。「ビール」は春の分冊の目次にはないけれど、他の季節ではどうか。切り取ってきた総索引で引くと、果たして「ビール」は夏の季語になっています。春にビールを詠んでいけないわけではないけれど、句会に出すと必ず「季重なり」を指摘されるだろうから、他のお酒で詠めるならば、何もわざわざ「ビール」でなくていいな……といった作戦を立てられます。

歳時記と似たものに「季寄せ」があります。歳時記の簡易版といえるもので、これもいくつかの種類が出ています。簡易版というと初心者によさそうに聞こえますが、ゼロ俳のときは「季寄せ」よりも、歳時記が便利だと思います。「季寄せ」には季語の解説がないため「これって何？」のときに困るのです。

ちなみによく使われる『新版　角川季寄せ』（角川書店刊）に載っている季語の数は約一九四〇〇。その数を聞けば、「覚える」という考えを、あっさり捨てられることでしょう。

歳時記の「攻略法」

ではその歳時記をどう使うか。攻略法をご説明します。

目次を見ましょう。季語は七つのカテゴリーに分かれています。春の季語から例を挙げます。

「時候」　春分　麗《うらら》か　日永　など
「天文」　朧月《おぼろづき》　霞《かすみ》　風光る　など
「地理」　春の野　流氷　潮干潟《しおひがた》　など
「生活」　卒業　花見　桜餅　など

「**行事**」　雛祭《ひなまつり》　昭和の日　バレンタインの日　など
「**動物**」　猫の子　燕《つばめ》　蛤《はまぐり》　など
「**植物**」　梅　桜　若芝　など

試しに、「梅」を私が句会に持っていく文庫版で引いてみます。
【梅】とカッコ付き、かつ一段太い字で黒々と目立たせてあります。いわばメインの季語で「見出し季語」または「主季語」といいます。その下にいろいろな季語が並んでいます。「梅の花」「花の兄」「春告草《はるつげぐさ》」など。これらは「梅」の仲間の季語で「梅」をメインとするならサブの季語で「傍題」といいます。「傍題」は「言い換え季語」「副季語」とも呼ばれます。

「傍題」の後は、梅の解説になります。私の歳時記を例にとれば「春先に開花し、馥郁《ふくいく》たる香気を放つ。中国原産で、日本へは八世紀ごろには渡ってきていたとみられる。『万葉集』には一一九首もの梅の歌が収められ、花といえば桜よりも梅であった(後略)」

短いながら役に立ちます。梅と日本人がどう関わってきたかの豆知識が詰まっています。

解説の後は例句が並んでいます。「梅」は昔から詠まれている季語なので、松尾芭蕉、与謝蕪村など「ザ・俳句」という感じの江戸時代の人の句が最初に来ますが、それはむしろ少数。多くの季語では、例句は近現代の人の句です。

「見出し季語」は「傍題」より強い

「梅」は春の季語で、冬には「冬の梅」という季語があります。「冬の梅」が見出し季語で、傍題には「寒梅」「冬至梅《とうじばい》」などがあります。

句会で、私は次の句を出しました。

その辺り空低くあり冬至梅

この内容で「冬の梅」だと、あんまりふつうすぎて印象に残らなそうで、いわばアクセントとして「冬至梅」にしたのです。

すると俳句の先生が「これって冬至梅でないといけない理由がある？　ないなら冬の梅のほうがいい」。季語としての働きがいちばん強いのは見出し季語だからと。そうなのか！　アクセントにするどころか働きを弱めてしまっていたようです。

さきほど大型の歳時記について、次のように述べました。「大型のにしか載っていない言い換えの季語を使えると、ちょっといい気分になれます（句会で点が入るかどうかは別）」。ここがまさに落とし穴で、「季語って何？」のところから始めて「こんな傍題もあるんだ」と知ってくると、ついメインより脇を攻めるのがカッコイイ的な錯覚に陥るのですが、それは考え違いと、先生の話でわかりました。

音数の都合で「傍題」を使いたくなることもよくあります。が、あくまでも窮余の策としておきましょう。

季語を勝手にアレンジしない

落とし穴その二は、季語をアレンジして使いたくなることです。ストレートだけでなく変化球も投げられる的な気分で、ついアレンジしてしまうものです。私の例では、

身に入《し》みて立子《たつこ》の椅子の小《ち》さきこと

「立子」は俳人、星野立子のことで立子の記念館を訪ねたときの句会で、椅子を詠みました。「身に入《し》む」という秋の季語があります。秋のもののあわれや秋の冷えがしみじ

み と感じられることです。「入む」は動詞だから活用させてしまっていいだろうと、この形にしたら、俳句の先生に言われました。「季語は歳時記に載っている形で使うのが、いちばん強い」。動詞であれば活用させず原型で。

身に入むや立子の椅子の小さきこと

活用以外でありがちなアレンジは、季語を分解することです。先生が春の句会で口を酸っぱくして言うのが「花冷《はなびえ》」を「花の冷」とするなと。桜の咲く頃、急に冷え込むことを指し、よくあることなので使いたくなる季語なのですが、下五に置こうとすると4音なので1音足りず、苦しまぎれに「の」を入れて分けてしまうのです。

出《い》できたる大講堂や花の冷え

こういうときこそ「や」の出番。順番をひっくり返して、かつ「花冷」に「や」をつけて上五に置きます。

花冷や大講堂を出できたる

「や」を使う動機が、単なる音数合わせであっても、後は「や」が期せずして（いわばボランタリーに）切字の効果を発揮してくれます。

少なくとも季語のアレンジで音数合わせするより、ずっといいです。季語をアレンジしている例句も、歳時記にありますが、初心者にはハイリスク・ローリターンです。

比喩に使うのはハイリスク

比喩はご存じのとおり、モノゴトを別のモノゴトに喩《たと》えることです。「ごとく」「のような」を使っていると、比喩であるとわかりやすいですが、使っていないこともあります。

菫《すみれ》程な小さき人に生れたし　夏目漱石

菫のような小さな人に生まれたい。漱石はその生涯の知られている人ですから、この句を読んで私たちはいろいろ鑑賞します。

ただしこの作り方はリスキーではあります。「菫」は春の季語で、この句では比喩に使っていますが、「季語を比喩に使うな」と多くの先生が言うのです。季語は実体として詠めと。たしかに、実体としてでなくていいなら、菫の句を秋にも冬にも詠めてしまい、春の季語である理由がなくなります。俳句のそもそもの始まりの、季節の挨拶ということにも反していると思えます。

けれど異を唱える人もいます。たとえば「朝顔の花のような人を思い出した」という内容の句があったとする、その人を思い出したのは朝顔の咲く季節だからこそであり、そこに季節感はあると。俳句は言葉によるものなのだから、実体としての朝顔がなくても、言葉としての朝顔が働いていればいいのだと。

俳人の間でも意見は分かれるようですが、ゼロ俳から始めた段階では、季語を比喩に使わないほうがいいと思います。まずは実体としての季語と向き合う訓練のつもりで、私は臨んでいます。比喩は「詩っぽいもの」が割と安易にできてしまうので、最初からそれをしていると、俳句がそこにとどまりそうで警戒しているのです。

そもそも季語とは

ルーツは和歌に

第1章で季語とは、「歳時記に載っていて、ある季節を表すことになっている言葉」「俳句にこの言葉が出ると、あの季節だなとわかるようになっている言葉」ととらえておいて下さいと述べました。その言葉があると多くの人が、季節と結びつけて感じる言葉ですと。

そして季語の実践的な「活用法」を先に紹介してきました。

では、そもそも季語とは何なのか？　私は専門に研究したことはないけれど、よく聞かれるため、おおまかにですが勉強したことを記します。

季語という呼び方を最初に確認できるのは、明治の終わり頃です。意外にも新しい言葉なのです。私たちが親しんでいる五七五の定型詩としての俳句が成立したのも明治のこと。正岡子規が明治二十年代に考案しました。

「でも有名な松尾芭蕉は江戸時代の人でしょう?」。この疑問がすぐに投げかけられることと思います。江戸時代には第2章で述べたとおり、俳諧連歌という共同制作の詩を、人々は楽しんでいました。俳諧連歌は略して俳諧と呼ばれます。芭蕉は俳諧の先生でした。

俳諧は、五七五を作ったら、それを受けて別の人が七七、また別の人が五七五と、次々とつなげて作っていくものです。最初の五七五を発句と呼び、発句にはその場に集まり、座を囲む人たちへの挨拶として、その季節らしい言葉を詠み込むのが決まりでした。明治時代になって、子規が発句を俳諧から切り離し、独立した詩としての俳句を考案したときに、発句の約束事は残したのです。

季語という呼び方は新しくても、季語の「ルーツ」は俳諧のはるか前、平安時代の和歌に遡《さかのぼ》ります。身分の高い人がお題を出し、そのお題で詠んだ（題詠）和歌を献上することが貴族の間で行われました。その中でたとえば「月は年中空にあるけれど、さやけさの極まるのは秋」といった共通認識が持たれ、「月」といえば秋のお題になるのです。高校の古典で習った『古今和歌集』では、どの事物はどの季節のものとして詠むかが、かなり定着しているのがわかります。鎌倉・室町時代に盛んになった連歌でも、この共通認識は受け継がれていきました。

アップデートされる

江戸時代になると、季節のものとされる言葉が増えます。俳諧が広く親しまれていくに伴って、平安貴族の美意識が選び取った雅なものだけでなく、庶民の生活実感に基づいて「これが始まるとこの季節を感じる」というものが入ってくるのです。「土用干《どようぼし》」「大根引《だいこんひき》」などの暮らしの中の作業、発情期の猫の行動を指す「猫の恋」といった、ユーモラスなもの、俗なものも季節の言葉、今でいう季語に加わりました。

江戸時代の最初の俳諧歳時記とされる季節の言葉を集めた本には、五九〇語余りだったのが、江戸時代末期の歳時記では三〇〇〇を超える数になっていたそうです。

明治時代以降も季語は増え続けています。昭和には名句が季語を「作った」例があります。

万緑の中や吾子《あこ》の歯生《は》え初《そ》むる

中村草田男《なかむらくさたお》

「万緑」は木々の緑が深まり、生命力にあふれる様子を言います。漢詩の中の言葉で、それを草田男がわが子の成長と合わせて一句にしたことから、夏の季語として用いられるようになりました。

さきに述べた、『新版　角川季寄せ』に載っている季語の約一九四〇〇という数を思い出して下さい。春には「バレンタインの日」や夏には「サングラス」などカタカナを含む語が多くあり、伝統を単に受け継いでいるだけでないことがわかります。

季語は、時代とはズレているけど仕方なく守る決まり事ではなく、「今」を生きる私たちの実感を取り込んで、アップデートされていくものなのです。

本意《ほい》を知って季語力アップ

喚起力がスゴイ

季語はイメージを喚起する力が他の言葉より格段に強く、ゼロ俳では季語を入れて作るほうが断然、ノーリスク・ハイリターンであると述べました。

たった17音しかない俳句が伝達力を持つのは、季語に作者と読者に共通のイメージが内包されているからです。心情を表す言葉を入れないのは、季語そのものに入っているから、季語が自分の心情やそれ以上のことを語るから、とも述べました。「それ以上」

のところに注目して下さい。たとえば「桜」という季語を入れて読者に届ければ、作者が「桜」に託した心情「以上」あるいは「以外」のものを、読者は受け取ります。

桜は稲作と切り離せません。「サ」は田の神を表し「クラ」は神の依代《よりしろ》を表すと、民俗学ではいわれます。田の神の宿るところとして崇められていたのです。

『万葉集』では梅の歌が桜の歌より多いと述べました。平安時代の『古今和歌集』では、桜を詠んだ歌のほうが梅を詠んだ歌よりずっと多く、七〇首となっています。学校でおそらく誰もが習ったことでしょう。〈世の中にたえて桜のなかりせば春の心はのどけからまし〉（在原業平）。春ののどかな心をざわつかせるのが、桜でした。

〈ひさかたの光のどけき春の日にしづ心なく花の散るらむ〉（紀友則）の「花」は「桜」です。「花」といえば「桜」を表します。美しさの絶頂ではかなく散る桜に、人は無常の思いを抱いたのです。北面の武士で後に出家した西行の〈願はくは花の下にて春死なむその如月《きさ》《らぎ》の望月のころ〉という歌や、秀吉が最後の栄華を誇った「醍醐《だいご》の花見」も、後に日本人の記憶に加わります。

時代が下り、江戸時代になると八代将軍・徳川吉宗が、庶民の不満のいわばガス抜きとして、お花見を奨励。賑やかさ、憂《う》さを忘れて楽しむ、といったイメージが加わりました。明治時代からは桜は国家の象徴となり、昭和の戦争では本居宣長の〈敷島の大和心を人問はば朝日に匂ふ山桜花〉を引き合いに出し、散り際の潔さを讃える象徴となったことが、記憶に深く刻まれている人もいるでしょう。

こうした日本人の経験、思いがすべて詰まっているのが「桜」「花」という季語です。作者の心情「以上」あるいは「以外」と述べたのは、ここに記したすべての歴史と記憶が、季語に内包されているからです。私が一生のうちに経験したり、感じたりすることよりはるかに大きなものを含んでいる。その意味では、私という存在が季語に内包されていると言えるかもしれません。

「被り」を避けられる

「桜」の変遷を振り返ると「散り急ぐ」という性質が、その中心にありました。その事物と日本人が長い年月関わる中で、「桜とはこういうものである」として、日本人に受け継がれてきた共通認識。季語となっている事物にそなわる、本来的な性質やイメージを、季語の本意と言います。

「春雨」なら「しとしとと降る」、「春風」なら「そよそよと吹く」が季語の本意です。春に、激しく叩きつける雨や吹きつける風もありますが、俳句に「春雨」「春風」と書いて読者に渡せば、読者はまず「しとしとと降る」雨、「そよそよと吹く」風をイメージします。句会に〈春雨や歩いて次の教室へ〉という句を出し、選んだ人は、しとしとと降る雨に軽く肩を濡らして歩いたことを想像するでしょう。そこで作者が「いや、ざんざん降りで、ずぶ濡れになったんです」と説明するのはナンセンスです。作者の実際がどうだったかより季語の本意が、読みにおいては優先されます。

ゆえに季語の本意を知っておくことが、自分の俳句を確実に届けるために、とてもだいじになってきます。季語の本意と外れる内容を詠んでいけないわけでは、もちろんありませんが、詠んだこととは違うふうに受け取られるのを覚悟しないといけません。その意味ではローリターンです。

季語の本意を知ることは、音数の節約にもなります。前に述べた、季語とそれ以外の部分との「被り」を避けられるのです。

「秋日《あきび》」という季語で「秋日濃し」と詠んだら、先生から「濃し」は要らないと言われました。「秋日」の中に「濃い」という性質が入っているからと。本意として共通に認識されていることは言わなくてすむから、ただでさえ少ない17音をそれに費やさなくていいのです。

「解説」を手がかりにする

ゼロ俳から始めてしばらくは「情報過多」「省略がだいじ」と言われるのが常です。言われても「何が過多なのか、何を省略すればいいのか」わからないものですが、季語の本意までわざわざ言葉にしているケースが、かなりありそうです。

すると次の疑問がわくでしょう。「本意ってどうやって知るの？　どこに書いてあるの？」。私も最初謎でした。平井照敏《しょうびん》編の歳時記（『新歳時記』河出書房新社刊）には、解説と例句の他に「本意」が載っています。私は書店でめくってみて「しまった」と思いました。別の歳時記を買ってしまった後だったので、全五冊買い直さないといけないかと。ですが手持ちの歳時記と読み比べると、手持ちのは「本意」と項を立ててはいないものの、似たようなことが解説に書いてあるとわかりました。

これから歳時記を買う人は、平井照敏編のから入ってもいいし、他の歳時記で解説をよく読むのでもいいと思います。解説を読むのはだいじです。さきほど例にとった「梅」の解説なんて、ふつうのことしか書いていないようですが、その気で読めば「春でも早い内に咲く、香りがする、この辺りが梅の梅たるところだな」とつかめてきます。

解説は本意を知る、大きな手がかりなのです。

歳時記をめくり解説を読みながら、しっくり来る季語を探すプロセスから逆に、自分の思いに気づくこともあります。季語の本意を知ることが、自分の「本意」を知る相互交渉が生まれるのです。

すぐに役立つ季語リスト

「歳時記を読め、というのはわかった。でも、今日の句会に出す句の季語を、歳時記に載っている膨大な中から探し出すのは無理」という人もいるでしょう。その必要に応えたく、使いやすそうな季語を、この章の最後に挙げます。七つあると述べた歳時記上のジャンル別には、あえてしないで並べました。おおまかに次の順にしてあります。

天気↓食べ物↓服装・持ち物・道具↓遊び・イベント↓野菜・果物・花↓動物・鳥・虫

詠みたいシーンにいちばんしっくり来る季語を選んで、早速作ってみて下さい。

○春
淡雪、風光る、麗か、逃水、陽炎《かげろう》、蜆汁《しじみじる》、目刺、
春コート、春日傘、春炬燵《はるごたつ》、石鹸玉、ぶらんこ、
汐干狩、花見、遠足、卒業、朝寝、新社員、
桜、芝青む、たんぽぽ、レタス、蝶、蜂、子猫、燕、囀《さえずり》

○夏
梅雨、炎天、西日、夕立、ビール、ソーダ水、かき氷、
日傘、ハンカチ、サングラス、冷蔵庫、扇風機、冷房、
花火、ナイター、プール、登山、祭、夜店、帰省、昼寝、
新緑、向日葵《ひまわり》、キャベツ、バナナ、ごきぶり、蟬《せみ》、蚊、蝙蝠《こうもり》

○秋
爽やか、月今宵、流星、台風、霧、夜寒、夜食、栗ご飯、

秋団扇《あきうちわ》、灯火親し、休暇明、七夕、運動会、秋祭、踊、冬支度、
紅葉、木の実、芒《すすき》、コスモス、レモン、林檎《りんご》、芋、
ひぐらし、蜻蛉《とんぼ》、蟋蟀《こおろぎ》、虫、小鳥来る

○冬

凩《こがらし》、雪、息白し、冬銀河、おでん、鯛焼、焼藷《やきいも》、
襟巻、セーター、着ぶくれ、毛布、絨毯《じゅうたん》、暖房、毛糸編む、日記買ふ、
スキー、クリスマス、除夜の鐘、節分、落葉、枯木、
ポインセチア、白菜、大根、ブロッコリー、寒鴉《かんがらす》

○新年

去年今年《こぞことし》、元日、雑煮、節料理、歌留多《かるた》、
初写真、初電話、初夢、初仕事、新年会

第5章

句会に行けば、俳句がグンと上手くなる

いきなり句会のすすめ

一句できたら即デビュー

巻末の「俳句促成シート」と季語リストとで、一句作っていただけたことと思います。で、次にすることは？　すぐにも句会へ行きましょう。せっかくできた句、誰にも見せずにしまっておくのはもったいない。

「いやいやいや、人に見せられるものではまだないから。俳句になっているのかどうかさえあやしいから」。そう言う人こそ、句会へ行くのがいちばん手っ取り早いです。その思いも込めて、この本のタイトルを「ゼロから俳句 いきなり句会」としました。俳句になっているかどうかなんて、ひとりで考えていたって絶対にわかりません。

「絶対」と妙に強気に出ているのは、経験上です。さきに述べたとおり、私はひとり入門書と睨《にら》めっこしながら作っては、俳句番組の投句サイトに送っていた半年間がありました。自分の俳句が、箸にも棒にもかからないのか、棒くらいにはかかっているのか、まったくわかりませんでした。その状態ですから、句会なんてとてもとても。季語が何かも知らないし、勉強して、少しは上手くなってからデビューするところと思っていました。

知人に誘われ行ってみたら、目からウロコ。入門書を何度読んでもピンと来なかったことが、参加者のコメントを聞いて「なるほど！」とか、詠みたかったけど五七五にならなかったことが人の句を読んで「こう詠むのか！」。行けば行くほど目からウロコがはがれ落ちていきました。

あのままひとりで作っていたら、ずっと足踏み状態でした。あの半年間は何だったのかと恨めしく思うほど。

だからこそ！　しつこいのを承知で声を大にして言います。句会に出ましょう、そこからすべてが進みます。「出るってどこへ？　句会なんて周りにないけど」。であれば自ら始めてしまいましょう。

先を急ぎすぎました。句会の始め方は後ほどご説明するとして、まずは句会とはどんなものか述べます。

句会とはどんなもの？

「句会に出ています」と取材などで話すと、後から付いてくるイラストはたいてい次のようなものです。畳の間に着物で座って、胸の前に短冊を立てて、筆を滑らせている。句会に出て二十年近くの間に、そういう句会に出たことはいちどもありません。「短冊」と呼ぶものは使います。でもそれは百人一首の札のような、固くて金箔《きんぱく》の鏤《ちりば》められたものではなく、Ａ４の事務用紙をそのへんの定規などで細長く切り分けたものです。

道具立てはこのへんにして、句会のしくみは、大まかに言うと次のようになります。集まって各人が作った句を、作者がわからないように無記名で提出し（**投句**）、各人がいいと思った句を選び（**選句**）、選ばれた句をみんなで鑑賞し、選んだ人を中心にコメントし合い（**合評**《がっぴょう》）。作者が自分の句だとあかす（**名乗り**）。誰の句かわからない状態で、いわば「人気投票」をするわけです。

この「誰の句かわからない状態」というのが、非常にだいじで、ゼロ俳もベテランもいっさい問わなくなるわけです。上下関係、利害関係、社会における属性など、持ち込みようがありません。17音、それだけを媒介にした、フラットな場であるのです。その場のことを、あるいは場に集う人々のことを「句座」や「座」と呼びます。

身分の別のあった江戸時代でも、句座を囲めば平等でした。日頃の世間のしがらみを離れ、俳諧連歌を楽しみました。句座は面倒な人間関係から自由な解放区。俳諧連歌が俳句に変わっても、句会にはその精神が受け継がれています。俳句が「座の文学」といわれるゆえんです。

ちなみに芭蕉から時代が下って蕪村の頃には、五七五の発句だけを詠む会が開かれるようになりました。先生が選ぶだけでなく参加者どうし選句する「互選」も行われるようになり、今日の句会に近い形がすでに生まれていたといいます。

ゲーム（というと不真面目なようで先生に叱られるかもしれません）のような要素も句会の楽しさの一つです。しかも初めてでもハンデなしに楽しめるゲームです。「私の句、誰にも選ばれなかったらどうしよう」というドキドキ感、「おっ、選ばれた！　でも顔に出してはいけない」というソワソワ感、「私の句にどんなコメントされるんだろう」というワクワク感、「えっ、これ、あの人の句だったの？　意外」といった驚きなど。句会の間じゅう退屈する暇がないです。

「打たれ弱いタイプだから、自分の句をけなされたら耐えられないかも」という心配も無用。「合評」では、選んだ人が「なぜこの句を選んだか」をコメントするのが原則です。「なぜこの句を選ばなかったか」という〝ダメ出し〟はふつうしません。選んだ句を「褒める」のが基本で「けなす」のはルール違反。さりげないディスりも、あまりないです。

私がこの本に、句会でダメ出しを受けたことを書いているのは「句会は基本褒め合うけれど、勉強のためダメ出しもしましょう」ということを、特例的に取り決めて行っているのです。

「褒めて伸ばそう」の子ども時代と違って大人になると褒められることなど、そうそうありません。句会では、ビギナーズラックでも何でも選ばれれば褒められるわけですから、やめられなくなります。

参加したいと思ったら

行ってもいいかなと思って下さったら、次にわく疑問は「句会はいったいどこにある？」。

いちばん気軽なのはカルチャーセンターです。俳人協会、現代俳句協会でも行っています。運がよければ、職場や地域に俳句サークルがあるかもしれません。運がよりよければ、周りで実は句会とつながりのある人がいるかもしれず、まずは自分から「句会って興味あるけど、どこでやっているんだろう」と発信してみましょう。私はそうしていてお声がかかりました。

俳句は、多くのお稽古事同様、基本的に師弟制です。「この先生につこう」と思う俳人が主宰している「結社」に入って、結社の句会で学びます。

けれどゼロ俳の段階では、どの先生につこうか、なかなか決められません。そういう人のために、体験参加を受け入れている結社もあります。会員となる前にビジターで行ってみる形です。結社のホームページを調べてみましょう。

「いや、それ以前に、どんな先生がいるか、どんな結社があるかもわからないし。句会とつながりのある人も周りに、そんな都合よくはいないし」「カルチャーセンター？　初対面の人といきなり句会はどうも……」という方。むしろ大多数だと思いますが、その方は、いっそ自分で開くのも手です。気の合った人どうし。または、それほど気が合わなくていいから、集まりやすい人どうし。

「やれ、と言われても、やり方を知らないし」。そういう方のためにこそ、この本はあります。句会の知識ゼロでも、経験ゼロでも、思い立ったら「今すぐ」「どこでも」句会を開ける「お役立ちツール」があればいい！　と考えたのが、この本を書いた動機なのです。１９２ページからの付録「句会の進め方ガイド」がそのツール。付録としているけれど、気持ち的にはこの本の最大の「特典」であり、熱を入れて（入れすぎてときにめまいを起こしながら）書いている本文と二大メインを張るものだと思っています。ガイドどおりに進行すれば、誰でも句会ができます。句会に必要な用紙も、コピーして配れるようにしました。本を書くにあたって、読んでいただける本はもちろん「使える本」をめざしました。

「句会の進め方ガイド」については、１２０ページで改めて説明するとして、引き続き句会のあらましを、この章でとらえておいて下さい。

句会はたいてい「題」がある

句はいつ作る？

句会に参加するには、句がないといけません。そこでわく疑問。「いつ作るのか？」。それは「題」の出るタイミングによって違います。

句会にはたいてい「題」があります。前もって出る題のことを「兼題《けんだい》」といいます。句会までの間に作っておきます。

当日その場で出ることもあります。句会の席上で出るので「席題《せきだい》」といいます。こちらは前もって作ることができず、出たとこ勝負。制限時間は一句につき十〜十五分。短いところでは一分半とか。おそろしそうですが、俳句指導歴何十年にもなる先生が言うには、初めての人でも一句もできなかった人は、一人もいなかったそうです。

楽そうな題、高難度の題

題は「季語」がもっとも多く、次が漢字ひと文字の詠み込みです。「棒」という題なら「棒読み」でも「棒棒鶏《バンバンジー》」でも何でもOK。この二つが一般的です。最初に句会を開くなら、このどちらかが穏当かと思います。

詠み込みでも、漢字ひと文字ではなく変わった題のこともあります。カタカナの「パト」を詠み込むとか。「パト、パト……」。パトカー、パトロール、パトロン、童話「フランダースの犬」に出てくる犬の名はパトラッシュだったっけ、など「パト」を含む言葉を必死に考えます。それと季語も入れて作るとなると、席題ではほとんど頭の回路がショートしそうになります。刺激強めの体験をしたそうな人が集まったら、こういう題もいいと思います。

「まるでパズル」な題も

ー題ー

桜

折句

さ　く　ら

逆さまにくつ下干して落第子《らくだいし》

季語は「落第子」（春）

割句

さ　くら

囀《さえずり》の一樹の下に腕枕

季語は「囀」（春）

さく　ら

桜貝はりついてをり足の裏

季語は「桜貝」（春）

「折句《おりく》」「割句《わりく》」という題もあります。「折句」は、ある単語を三つに分けて、上五、中七、下五それぞれのパートの最初の音にします。「なすび」を〈な○○○○す○○○○○○び○○○○〉にするというものです。「割句」は、ある単語を二つに分けて一句の最初と最後に置きます。〈な○○○○○○○○○○○○○○すび〉ないし〈なす○○○○○○○○○○○○○○び〉とします。〈長《（な）》き夜や砂《（す）》の吹き込むビ《（び）》ルディング〉とか〈長《（な）》月や小箱の紐《ひも》の片結び《（すび）》〉とか。

パズルに挑戦するようなものですが、苦しまぎれに作る句ほど限界を超えるというか、自分では思ってもみなかった五七五が飛び出して、その面白さにまたやめられなくなります。高難度のため、メンバーによっては拒否感を示すでしょうけど、奇想天外な句が出ること請け合い。「折句」のほうが「割句」よりはまだ易しいです。

文芸を離れて悪ふざけしているかのようですが、ちゃんと歴史があります。学校で習った和歌を思い出して下さい。〈唐《か》衣着《き》つつなれにし妻《つ》しあればはる《は》ばる来ぬる旅《た》をしぞ思ふ〉は「かきつばた」をそれぞれのパートの最初に置いたものでした。意外と正統的なルーツがあるのです。

季語や詠み込みや折句、割句などの題がないときもあります。そのときは、句会の行われる日の季節の季語を入れて作ります。「当季雑詠《とうきざつえい》」といいます。好きな季語を選べばいいから楽そうで、初めて句会を開くときは「当季雑詠」にしたくなるかもしれませんが、自分の首を絞めることになるかも。自由はかえってやりにくい！

制約のあるほうが適度な「圧」がかかって、句が出てきやすくなるのかもしれません。

「句会の進め方ガイド」でさっそく試そう！

これさえあればできる、「お試し句会」

いよいよ句会の進め方です。細かいところは会によって異なりますが、おおまかには122ページの図のような流れになります。

使う紙が何種類もあることに、初めはとまどい「これって何するものだっけ」とこんがらかるかもしれません。特に「清記」は面倒に感じるでしょう。人の句を書き直すなんて「この作業を省いて、いきなり選句でよくない？」と思うでしょう。

ですが、ここが句会の要。句会は人間関係の解放区、身分社会の江戸時代でも誰もが平等に楽しんでいたと述べました。その句会の本質を保つためには、選句において忖度《そんたく》が働かないよう、誰の句だかわからなくするのは、よほどのことがない限り省きたくないプロセスです。筆跡で作者がわかってしまうリスクを取り除くのです。

逆に言うと、句会は長年の歴史の中で理にかなったシステムができあがっています。だからこそ、それに従って進めていけば初めてでも楽しめるのです。

句会はどれくらい時間がかかるものかは、投句数と参加者数によります。集中力を思えば、長くても三時間以内に収まるよう、幹事（進行役）が調節します。

私が俳句番組「ＮＨＫ俳句」の収録後にスタッフと行っていた句会は、席題で三句出し、参加者八人で、作る時間を合わせて五十分くらいだったと思います。八人中一人が先生、私を含め「句会に出たことのある」人が二人、他は未経験というメンバーでした。

そもそもが偶発的に起こった句会。あるとき、番組にお迎えした俳句の先生に、移動まで控え室で待っていただく時間ができてしまい、世間話で間を持たせるのも無理そうだからと、句会をしてみることになったのです。結果的に定例化して、スタッフのチーム力は上がりました。

別のときは、出かけて句会をした帰り、駅に着くと特急電車までかなり間があることがわかり、同方向の仲間と「それだったらもういちど句会をやろう」と駅前のドーナツ店に入って行いました。たしか五句出しで四人だったか。

待ち時間つぶしになるのです。「句会にどれくらい時間がかかるか」より「どれくらい時間があるか」に合わせて、選んだ理由をひとことずつにしたり、全員に聞かず特選にした人だけにしたり、「忖度をしない」ことを守れるメンバーなら短冊をじかに回したりと、その気になれば、いくらでも調節できます。ドーナツ店の句会では短冊がなかっ

句会の流れ

投句

・集合。
・席題の場合、題を決める（兼題・当季雑詠の場合はそのまま投句へ）
・決められた数の句を短冊に書いて、締切時間までに提出。

←

清記

・参加者全員が、分担して短冊の句を清記用紙に書き写す。

←

予選

・清記用紙を回覧して好きな句を選び、予選用紙に書き写す。

←

選句

・予選した句の中から、決められた数の句を選句用紙に書き写す。

披講

・各人が自分の選んだ句を発表する。

点盛り

・全員の発表後、選ばれた句の得点を集計。
「得点」欄に記入して幹事へ提出する。

合評

・点の入った句について話し合う。
・点の入った句について、作者が名乗る。
・名乗ったら、次の句についてまた話し合う。

たので、ドーナツに付いてきた紙ナプキンを代わりにしました。

筆記用具と、投句用紙（短冊）、清記用紙、予選用紙、選句用紙があれば（なければ、それらに使える何らかの紙でも）、いつでも・どこでもできます。それぞれの用紙の使い方や、進行のためのセリフ、得点の計算の仕方は「句会の進め方ガイド」にまとめました。

どんな人に声をかける？

偶発的な句会の例の示すとおり、句会のメンバーは、ひとことで言えば誰だって構いません。「NHK俳句」のスタッフも、別に俳句が趣味なわけでも俳句に詳しいわけでもなく、たまたま配属されたり派遣されたりするなどして、その場にいた人でした。そのメンバーでの仕事が始まったばかりで、職場以外で交流があるわけでもありませんでした。年齢層も二十代から六十代とさまざまでした。

ふつうの遊びや娯楽だと、趣味が共通とか親しさとかで声をかける人を選びますが、句会に誘う相手はそれを考える必要はありません。むしろ趣味が違ったり、年齢層がバラバラだったりするほうが、多彩な句が出て面白いです。

意外な一面を知ることのできるのも、面白さの一つです。俳句なんて興味なさそうな人が、案外ノッて作ったり、とっつきにくそうな人が案外ラブリーな句を出していたり、句のコメントのとき「自分も犬を飼っているので」とか「母親が割と早く亡くなったので」とかと、ふだん話さないことをポロリと言ったり。句会が終わると、なんとなく互いの距離が縮まっています。

日頃、口数の少ない人、もう少し打ち解けた関係になりたいけれどきっかけがつかめない人がいたら、句会に誘う手はアリです。俳句は、人間関係の潤滑油になり得ます。

第6章

読み手がいてこそ、俳句になる

鑑賞を楽しむ姿勢とは？

選んだ句は「褒める」が基本

作って出して、筆跡をわからなくして選んだら、さあ、いよいよドキドキ、ワクワクの始まりです。各人の選んだ句の発表（**披講**）、得点の集計（**点盛り**）、集計結果発表、高得点の句から、選んだ人によるコメント（**合評**）へ進んでいきます。

進行役を一人決めて、その人がコメントのタイミングを振ります。句会をしようと言い出しとりまとめた、幹事がつとめることが多いですが、別の人が進行してもＯＫ。「振ります」とは選んだ人に、選んだ理由を聞くのです。模範演技でいえば、

進行役：「〇〇さん（選んだ人）、この句をお取りですが、どこがよかったですか（または、どう読まれましたか）」

〇〇：「こういうところがいいと思って、いただきました」

人が選んだことを「お取り（になる）」、自分が選んだことを「いただきました」と言い

ます。

選んだ理由を言うのだと皆がわかっているならば、模範演技どおりのセリフでなくてもいいです。「この句をお取りの〇〇さん、お願いします」、複数の人が選んでいれば「〇〇さんと□□さんがお取りです。この順でコメントを」など簡略化して、サクサク進めます。

〇〇さんのコメントが自分の思ったことと違うと、順番待ちしている□□さんは不安になると思います。ですが、だいじょうぶ。選んだ理由に正解はありません。自分が「好きだ」と思ったところ、いいと思ったわけを、ありのままに言うまでです。

参加者は同じ数の句を選ぶので、発言の機会は平等。日頃のプレゼン上手とか引っ込み思案とかは関係ありません。時間が足りず、選んだ全員に聞けない場合は、進行役は誰に「当てた」かをメモして、なるべく同じ回数発言できるようにします。

コメントでだいじなこと。選んだ句は褒める！　選評の基本です。「あまり深く考えず、なんとなくいいと思って、いただいてしまいました」などと言うのはNG。句にも作者にも、句会そのものにも失礼になります。

句会を「人気投票」になぞらえましたが、そこで投じられるのは、清き一票です。初心者の一票でもベテランの一票でも、集計するときは同じ一点。「一票の格差」はありません。その重みを心得、自分が投じた票には責任を持ちます。

選んだのが自分ひとりだと、心がぐらつくものです。「自分の読みが間違っているのか」「いいと思ったけど、ちょっとだけ気になったあの点が、実は大問題なのでは」と。でも動揺は顔に出さない！　「私がこの句を好きな理由」を堂々と述べます。「いいと思ったけど、俳句を読む力がまだないので（または、読むのに慣れていなくて）よくわからなくなりました」などの謙遜や逃げは大NG。選んだからには、推しへの〝愛〟を、熱量を持って語ります。気になる点を挙げるとしても、ダメ出しではなく、あくまで好きを前提とした上で「この点は、他の案があるかもしれませんが、〇〇なのでいただきました」。いい句がさらによくなる伸びしろがありそう、という視点で述べます。

自分の句が選評されても素知らぬ顔で

ぐらついても顔に出さず、堂々とコメントせよと述べました。句会では鉄面皮……は言い過ぎですが、ポーカーフェイスを求められる場面が多いです。披講で自分の句が読まれても、合評で自分の句が褒められても、ニヤニヤしない。ニヤニヤを抑えきれそうになければ、下を向いていて下さい。

コメントが自分の詠んだことと違うケースは、多々あります。句会で私の句を選んでくれた人が「これは不倫の句。道ばたでひっそりと葬列を見送っている、その息が白いのよ！」とまさに熱量を持って語っていました。そんなときも憮然《ぶぜん》としたり首を左右に振ったりしない。

句会によっては、選ばなかった人に選ばなかった理由を尋ねることがあります。「NHK俳句」スタッフの句会では、勉強のためにしていました。主に高得点の句についてです。低得点または無点の句については「なぜ選ばなかったか」とは聞きません。

その句が自分の句だから選ばなかったケースは、演技力が必要です。高得点なのでただでさえニヤケそうなのを必死に抑えているところへ、人の句のフリをし選ばなかった理由をこしらえないといけないのです。人の句を「けなす」ことはしないのが句会ですから「描かれているシーンはいいなと思いましたが、季語とどう響き合うのかわからなくて、いただきませんでした」など、褒めつつ下げる、もっともらしいコメントを作り上げないといけません。

一句ずつ合評が終わるごとに進行役が「どなたの句ですか」「作者は？」と尋ねます。

そのときに初めて、「葉子です」と名乗り出ます。これを「名乗り」といいます。「私です」と言わず、ハッキリと名を言います。「ありがとうございます」と付け加えるかどうかは、周りにならいましょう。

自分が作者とあかしても、自分の詠もうとしたことをあかすのはヤボです。「不倫」と読まれた句について、ここぞとばかり「いや、それは寒い国の元首の葬列で」などと抗弁はしません。句会では基本、自句自解はしません。進行役から求められたときのみにします。投句して、作った句が自分の元を離れたからには、どのように読まれようとも、その読まれ方を楽しむ余裕を持ちたいです。

別な言い方をすれば句会は、自分の句が人に届くかどうか、詠もうとしたことが他人にわかるように句を作れたかどうかを、試すことのできる場といえます。それは、ひとりで作っていてはけっしてわからないことです。

上手くできたつもりでも、読み手に届かなければ何にもなりません。受け止められなければ成立しません。また、思った以上の深い読みをしてくれる、自分で気づいている以上の可能性が自分の作った五七五にあると気づかせてくれることもあります。受け止めてくれる読み手がいてこそ成立する。どんな文学作品にも言えることではありますが、

17音しかなくすべてを言い尽くすことのできない俳句では、作者と読み手の共同制作という面が、特に強く出ると思います。

自分の句を詠み、人の句を読む。「詠む」と「読む」の両方を一つの場で鍛えられるのが、句会なのです。

句会の肝は鑑賞

初めての句会ではコメントに緊張します。選んだ句について何を言えばいいかと、頭がいっぱいで、人のコメントが耳に入らなくなるものです。自分の句へのコメントが気になって、それ以外は聞き流してしまうこともあるでしょう。

初めは仕方ないけれど、それはとてももったいないこと。句会の胆《きも》は鑑賞です。同じ句を他の人がどう読んだかを知るところにあります。自分が見過ごしていた点に気づくことが、しょっちゅうです。「読み」の学びには、もちろん「詠み」のヒントもたくさん詰まっています。

どうすれば「自分のことでせいいっぱい」の状況を脱し、鑑賞に身が入るようになるか。ひと言でいえば「慣れ」です。句会に何回も出れば、少なくとも「次に何をするか」はわかっているから、常に構えていることはなくなり、力が抜けて、鑑賞を楽しめるようになります。

初めは「鑑賞」とはどういうことか、よくわかりませんでした。進行役が「○○さんはどう鑑賞しましたか」と選んだ人にコメントを促すのを聞いて、「絵画や音楽だけでなく、俳句の読みも鑑賞という言葉を使うのか」と思ったくらいです。

あるとき、五七五を正確には覚えていないのですが、次のような句がありました。冬の森で手に持つ電灯の光が棒のように延びている、といった内容です。木々の真っ直ぐな幹の影と、光の棒と。白黒の切り絵のような景に面白さを感じました。

そのことをコメントすると俳句の先生が「私にはそういう景は見えませんでした。懐中電灯の光は、棒状になりますか？　ミステリー映画のように真っ暗な屋内を照らすならまだしも、屋外では手もとの周りにだけぼんやりと広がるのではないですか？」と疑問を呈されました。確かにそうです。まさしくミステリー映画のようなイメージに飛びついてしまい、実際にどうなるか、落ち着いて想像しませんでした。

しかも句の一部を読んで言っているに過ぎません。その句の季語は「冬」なのに、「冬」について、私のコメントにはありませんでした。

詩だからといって「雰囲気」でものを言ってはいけないのです。句をなす一語一語に注意を払う、特に季語はどう働いているかを検討するのが、鑑賞の基本といえそうです。ちなみに「景が見える」は後述のとおり、選評でよく使われるフレーズです。フレーズだけまねして、聞いたふうなことを言った私は、恥をかきました。もちろん恥も勉強のうちです。

選評で盛り上げる

選評の着眼ポイント

基本的には、選んだ句のどこが好きかを、そのまま素直に言えばOKです。プラスアルファで言えば「何が詠まれているか」だけでなく「どう詠まれているか」に着目して下さい。自分がその句を好きな理由に「どう詠まれているか」を発見できて、それについて言えれば、なおのこといいです。合評の時間がもっと面白くなり、次の句作にも活かすことができます。

「初めて句会」にありがちな選評は「俳句促成シート」にいう「それ以外のパート」、すなわち「何を見た」「何をした」などのほうだけに対するコメントになることです。「私も同じような体験があります」「こういうことってあるなと共感して、いただきました」に終わり「季語パート」への言及がないのです。

ある先生は言いました。「句を選ぶときは、季語がその句の中で働いているかどうかを考えるように」。わかりやすいポイントです。それが言えたらコメントに説得力が増すし、「いや、もっとよさそうな季語がある」といった提案が出るかもしれず、単に「好き」を発表し合うより、合評が学びの多いものになりそうです。

進行役の人は、参加者の選評に季語への言及がなければ、「季語はどう思いましたか」と問いかけてみましょう。

「鑑賞をきちんと言える人は、作句も伸びる」。これも先生から言われたことです。

句を評する「褒め言葉」「慰め言葉」

選んだ句は「褒める」のが選評の基本と述べました。句会でよく出る褒め言葉を挙げます。この言葉が聞けたら心の中で（↑これが重要）ガッツポーズを。

○「景が見えました」

読んだときに、映像がありありと思い描けたこと。別の章では「シーン」と述べました。シーンが見えるかどうかは、それだけが選ぶ基準ではないにしても、だいじなポイント。もちろん、作るときもです。

○「季語との響き合いを感じました」

季語と「それ以外のパート」に、ぴったりの季語を選ぶことができたということ。取り合わせの句のときに使います。

○「わざわざ言ったことがありませんでした」

わざわざ俳句にしようと思ったことはなかったけれど、五七五になっているのを読むと「なるほど」と納得できる。ふつうのことが、定型に収められるとなんだか違って感じられるのは、俳句の得意芸とするところです（逆に、おおげさなことを言うのにはあまり適さないとされます）。例を挙げます。

手で顔を撫《な》づれば鼻の冷たさよ　高浜虚子

ほんと、こんなこと、わざわざ言わない！　季語は「冷たし」。冬の季語です。

ハンカチの隅にラベルの剝《は》がし跡

何でもないことが定型にはまる気持ちよさを、俳句を楽しむ人は割合好みます。

100パーセントの褒め言葉ではないけれど「攻めていますね」も耳がピンと立つ（兎《うさぎ》ではないですが）言葉。ハイリスクな挑戦をしている句に、出来は別として、その姿勢を褒めるのに使われます。

「〇〇がこの句の眼目《がんもく》ですね」は、一句を印象づける言葉がある場合。

囀や絶えず二三羽こぼれ飛び　高浜虚子

の句なら「こぼれ」が眼目といわれるでしょう。

ただ、初めての句会でいきなり、いわば選評用語のようなものを使ってコメントするのは、いかにも「聞いたふう」になってしまうので、徐々に、がいいと思います。

選ばなかった句についてコメントを求められたら……ここは少々テクニックを要しつつも、基本は素直に。自分の句でもポーカーフェイスを貫く話のところに書いた「描かれているシーンはいいなと思いましたが、季語とどう響き合うのかわからなくて、いただきませんでした」はテクニックを示す例です。

全面否定はせず、いいと思ったポイントは挙げる。それぱっかりだと「では、なぜ選ばなかったのだ」となるので、ネックになったポイントも、なるべく具体的に挙げる。ネックも言うので素直ではありますが、言い方として「〇〇がダメだからです」とは断じない。上記の例のように「〇〇がどうか（私には↑隠れた主語）わかりませんでした／読みとれませんでした／迷いがありました」などと「私の」読みの浅さのせいかもしれないという余地を残すと、よいかと思います。

ネックになったポイントを言っていいものかどうかためらい「予選用紙には書いていたのですが……」「六句選べるならいただいたのですが、残念ながら五句選で……」で逃げたくなるものです。が、それはNG。作者には慰めにならないし、参加者どうしの学びにつながりません。そんなところで遠慮したって、誰のためにもならないのです。

次の句会につなげるために

無点句になってしまったら

披講が進んでも、自分の句が読み上げられない。「このまま誰からも選ばれなかったら……」「0点に終わるのか……」と、しだいに落ち込んでいく。句会に出れば誰もが味わう気持ちです。

無点句となっても、そこでめげない。「俳句を止めよう、才がないから」なんて思わない。謙虚に受け止める姿勢は必要です。自分の句はなぜ届かなかったのか考えることも。「個性的すぎてわからないのさ」とうそぶいたり、ましてや人の読解力のせいにしたりはいけません。その一方、心は折れないようにしておきます。

先生の句が無点句となることも、句会ではよくあります。俳人の中には「自分の句が句会で高点句となったら、逆に警戒する。句集に載せることに慎重になる」と言う人が結構います。高点句はいわば最大公約数的な句だからと。

句会とは「人気投票」と前章で述べた真意は、ここにあります。いちばん点を集めた句が、いちばんいい句とは限らないのです。高点句がときどき出るようになってきても「これでいいのだ」と思ってしまわず、精進あるのみ！

無点句については基本、合評しません。句会によっては「最後に無点句を開けてみましょう」として、作者が名乗りだけしていきます。先生のいる句会では、名乗った人に対し、どこをどうすればよくなるか、アドバイスされることもあります。句会のようす次第で最後に「恐れ入ります、勉強のためにうかがっていいでしょうか」と聞いてから、自分の句について先生や他の参加者に質問し、教えを請うのもアリだと思います。

自分はどういう句を作りたいのか

点の集まる句が、句会によって異なることはよくあります。自分の句で、どう読まれるか知りたい句があれば、別の句会でもういちど出してみるのも、学びの一方法です。

ある人は言っていました。〈一昨日のバックミラーに夕焼《ゆやけ》かな〉という自分の句が、いつも参加している句会では高点句だったけれど、試しに別の句会へ持っていったら、まったく点が入らなかった。教えを請うたら「一昨日のバックミラーが意味不明」と言われたと。いつもの句会では、ちょっと謎のある句が好まれるそうです。

戦争や災害といったテーマ性のある句に、点の入りやすい句会もあれば、俳句はメッセージを伝えるものではないとして選ばれにくい句会もあります。写生に徹した句をよしとする句会もあれば、虚実の「虚」の部分を多めに求める句会もあります。

句会はどこで？　の話のところで述べたとおり、俳句は基本は師弟制です。あまり多くの結社に出たり入ったりするのは好まれません。師弟制というあり方に反しない中で、さまざまな句会に参加してみましょう。自分がどういう句を作りたいか、どういう句会で学びたいかが、次第にわかってきます。

第7章

話が弾むオモシロ季語

歳時記は不思議がいっぱい

話のネタにも、句作のタネにも

定期的に句会に参加し、俳句を作り続けていると、歳時記を開くことが習慣になります。立春が来ると、句会には春の季語の句を出さないといけないので、開く歳時記はおのずと、春の分冊になります。前は「今日は立春。暦の上では今日から春です」とニュースなどで言っていても「そう。でもまだ寒いし」くらいで、ほとんど無反応だったことを思えば、たいへんな変わりようです。

春の歳時記を開くと「春の雪」という季語が載っている。「雪」なら冬の季語として冬の分冊に載っていたのに、それとは別に「春の雪」をわざわざ春の季語にするのは「何か違いがあるわけ？」。歳時記の解説には「冬の雪と違って解けやすく、降るそばから消えて積もることがないので淡雪・沫雪ともいう」。実際に降ったとき、傘を傾けて眺め、あわあわとした様子に「これだな」と。季語に親しむようになると、身の回りの事物に向けるまなざしがこんなふうに変わります……というのは教科書的な発言で、いいえ、嘘ではなく本心ですが、歳時記を開く楽しみは、それだけではありません。

歳時記はとってもワンダラス。目次を見るだけで「何、これ？」の不思議がいっぱいです。春を例にとれば「蛙《かわず》の目借時《めかりどき》」……カエルの目を借りてくる?!　「亀鳴く」……カメって鳴く？　「猫の恋」……あの、夜に騒いでうるさいやつ？　「落第」……こんなものまで季語だとは。

この章には、俳句を始めて私が驚いた「何、これ？」の季語、意外な季語を集めます。句会の合間に、あるいは、俳句と関係ない場でも、たとえば上司と二人きりで黙っているのは気まずいときや、営業トークでちょっと話題に困ったときの、さしさわりのない小ネタとしてご活用いただければと思います。

ここに載せるのは、ほんの一例。歳時記にはオモシロ季語が詰まっています。作句に限らず、コミュニケーションの潤滑油として「使えるかも！」と思ったら、ぜひ歳時記を覗いてみて下さい。

なぜこの季節なのか、謎の季語

一年じゅうあるけど？

季語

春―朝寝、風船、石鹸玉、ぶらんこ、巣箱、海苔《のり》

夏―昼寝、裸、網戸、冷蔵庫、黴《かび》、夕焼、泉

秋―夜学、踊、相撲《すもう》、墓参、小鳥、流星

冬―夜警、風邪、寝酒、おでん、布団、カーペット

一年じゅうあるのに、ある季節の季語となっているものがあります。「……」以下は、その季節だと初めて知ったときの、私のひとりごとです。「布団」（冬）……冬以外でも、使わないで寝る人いる？　「ハンカチ」（夏）……毎日持つのが、幼稚園のときからの生活指導だけど？　「髪洗ふ」（夏）……これもほぼ毎日でしょう？　「露台」（夏）……って何かと傍題を見れば「ベランダ」「バルコニー」。「簾《すだれ》」が夏なのはわかるけど、ベランダは夏が過ぎても取り外しできないでしょう。

なぜに、その季節か。一年じゅうあるけれど「いちばんありがたみ」を感じる季節の季語となるのです。寒いとき布団に入れば温かい、汗を拭くのにハンカチがもっとも必要なのも、髪を洗ってもっともスッキリするのも、バルコニーで涼しい風に吹かれて生き返るのも夏。

露台なる一人の女いつまでも　高浜虚子

蝶番《ちょうつがい》はづして真夜《まよ》のバルコニー

後者の句は、『ロミオとジュリエット』のバルコニーのシーンを想像して下さい。

「ありがたみ」はないけれど、その季節に「もっとも目に留まる」から季語になっているものもあります。「黴」（夏）は、まさにその例。

他に「今は一年じゅうだけど、そもそもの由来がある季節限定だったから」というものがあります。

「踊」（秋）……ダンスなら年じゅうするけど。いやいや、季語に言う「踊」は盆踊だから。

「相撲」（秋）……初場所だって夏場所だってあるじゃない。いやいや、季語に言う「相撲」は農耕儀礼の神事だから。

興味がわいたら、「一年じゅうありそうだけど、なぜにその季節？」の謎を歳時記で解いて下さい。

季節が違わない？

季語

春—冴返る、日永、凧《たこ》、竹の秋
夏—苺《いちご》、雪渓《せっけい》、涼し、麦の秋、夜の秋
秋—林檎、七夕、盆、うそ寒、冷やか
冬—海豚《いるか》、熊、兎、鯨、日向ぼこ

「なぜにその季節？」の謎では、季節限定ではありそうだけど「季節が違わない？」と思うものがあります。今の私たちがふつうにイメージするのと違う季節の季語になっているものです。

「涼し」（夏）……涼しくなるのは秋なのに、なぜに夏？　ひなたぼっこといったら春でしょうに、なぜに「日向ぼこ」（冬）。冬なんて寒いじゃない？

ワケを言えば、暑い夏こそたまに涼しい風が通り抜けたりするとありがたい、寒い冬だからこそ、ひなたの温もりがありがたい。前項で述べた「ありがたみ」の法則がここでも適用されています。

かけ橋や水とつれ立つ影涼し　麦水

先生と弁慶橋にゐて涼し

——後者は俳句の先生への挨拶句。心持ちの涼しさも込めて。

涼しさや朱を織り込んで男帯

——浴衣に男帯。涼感のあるシュッとしたおしゃれに、粋を感じる。

「ありがたみ」の法則の他に、ワケを聞けばなるほどと思うものもあります。

クリスマスケーキを彩る「苺」(夏)。冬か、遅くとも春の季語と思いそうですが、もともと夏に熟するもの。今はほとんど温室栽培で、苺の赤とクリームの白のサンタクロース色でケーキを飾るため、クリスマスに合わせて出荷しますが、生育が遅れて数を揃《そろ》えられなかったり、電気代が上がって価格が高騰したり、何かとトラブルが聞こえてくると、本来の季節と違うことをしている無理を感じてしまいます、真面目な話。

「雪渓」(夏)……雪なのに夏? 雪が降り積もった渓谷ではありません。「高山の渓谷や斜面で、夏になっても雪がなお消え残り輝かしく見えるところ」と歳時記にあります。登山のシーズンは夏です。登山シーズンこそ、雪渓を目にすることのできる季節なのです。

「海豚」(冬)……イルカといったらサマー! のイメージなのに冬だとは。歳時記を見ても、なぜかはよくわかりませんでした。同じ季節の「鯨」の解説の「肉はかつては貴重な蛋白源《たんぱくげん》」のくだりに「もしや」と。「薬喰《くすりぐい》」(冬)との関係か? 寒中には滋養をつけるため、薬と称して獣肉を食べました。「海豚」も「鯨」も獣と同じ哺乳類。動物の多くが冬の季語になっています。

「熊」「兎」「狐」「狸《たぬき》」。熊なんて冬眠するから、冬はむしろ見かけないはずなのに。昔話にはたぬき汁とかきつね汁とかがよく出てくるように、これらの動物も捕って食べました。今の日本で食べたことのある人が何人くらいいるかわかりませんが「狸汁」は冬の季語。「猟」も冬の季語になっています。あるいは「鰤《ぶり》」「鱈《たら》」「鮪《まぐろ》」（いずれも冬）など、冬になると近海に寄ってくる大きな魚の延長で「海豚」も冬なのか。

　なぜかを考えることは、ミステリーを解く面白さに似ています。

「わざと、わかりにくくしていません？」と、初めのうちは疑いたくなる季語もあります。わかる人だけ来ればいいと、俳句入門者をふるいにかけるような。試験におけるひっかけ問題のような。「夜の秋」（夏）の話を人にしたら「ふうん、やっぱり俳句ってとっつきにくい」と言われてしまいました……。

「夜の秋」は夏の終わりに、夜には秋の気配の感じられること。昼間は暑くても、夜にはふっとひと息つけたり、セミではないコオロギふうの虫が鳴いていたり。その感じを素直に言った季語。

「竹の秋」（春）、「麦の秋」（夏）は秋と付くけれど、黄に色づくのがそれぞれ春や夏だから。ありのままのようすを述べたまでで、意地悪な季語ではないのです。

常識の斜め上をいく季語

科学的にありえません

季語

春―亀鳴く、魚氷《うおひ》に上《のぼ》る、山笑ふ
夏―風死す、みどりの冬、腐草《ふそう》蛍《ほたる》となる
秋―蚯蚓《みみず》鳴く、蓑虫《みのむし》鳴く、雀蛤《すずめはまぐり》となる
冬―風邪の神、鐘氷る、獏《ばく》の枕

嘘だろうと思う季語もあります。「科学的にありえません」と。「亀鳴く」(春)……鳴きますか？　「聞いたことがある」と言う人がいるかもしれません。それは呼吸音か首を動かす音。亀に声帯はないそうです。歳時記にも書いてありました。春になると亀の雄が雌を慕って鳴くというが「実際には亀が鳴くことはなく、情緒的な季語」と。

季語では、鳴くはずのないものをよく鳴かせます。「蚯蚓鳴く」(秋)、「蓑虫鳴く」(秋)。

どちらにも発声器官はありません。実際にはないのに季語になったものを「空想季語」と呼んでいます。

空想季語は、昔の詩歌や伝説がモトにあることが多いです。「亀鳴く」は藤原為家の和歌〈川越のみちのながぢの夕闇に何ぞと聞けば亀ぞなくなる〉（『夫木《ふぼく》和歌抄』）によると、私の用いている歳時記にあります。

ホラーですか？

季語

春――地獄の釜の蓋《ふた》、修羅落し
夏――幽霊、炎帝
秋――竜淵《ふち》に潜む、生身魂《いきみたま》、口女《くちめ》
冬――雪女、牡丹焚火《ぼたんたきび》

「雪女」（冬）……まさしく伝説の中の存在。雪深い地方の人々の雪への恐れから来るもので、白ずくめの女とか、地方によっては婆とか坊主の姿をとるといわれます。江戸時代の『北越雪譜』をはじめとする本に、数多く採話されています。「雪女」ほど市民権（？）を得ておらず、季語に「なりかかっている」存在といえましょうか。『現代俳句歳時記』（現代俳句協会編、学研プラス刊）には載っていて、他の歳時記には私の調べた限り、まだです。怪談映画やお化け屋敷のハイシーズンは夏だから、その仲間というわけでしょうか。

「幽霊」（夏）……いるはずない、いてほしくない、なのに季語？ 怖さにゾッとして涼をとる……。

字面がホラーな「生身魂」（秋）……何者？ 正体を知ればなんてことない。敬うべき年長者。お盆には亡き人の霊をおもてなししますが、生きている目上の人にも礼を尽くそうということで、饗応《きょうおう》したり贈り物したりするそうです。生命力にあずかる意味合いがあるのだとか。

「竜淵に潜む」（秋）……時空を超えた壮大なファンタジーのよう。『鬼滅の刃《やいば》』の世界に通じそうな。中国の最古の字書『説文解字《せつもんかいじ》』に「竜は春分にして天に昇り、秋分にして淵に潜む」とあるのがモトだそうで、この辺になると私ももう頭がついていかず、調べたことをお伝えするのみです。

「ついていかず」と言いながら、句会の題に出たら逃げるわけにいきません。また、俳句を楽しむ人は、こういう季語を割と好みます。見たことも聞いたこともないから、さてどう作ろうかと、遊び心が刺激されるのでしょう。想像力を試されてもいるようで、受けて立つしかない！

出来がいい句では全然ないですが、私が句会に出した句を、苦しみ方のサンプルとして挙げます。自句自解は恥としながらも、どういう想像でこういう句になるのかピンと来ないと思うので、ひとことコメントを付して。まずは、「科学的にありえません」の季語「亀鳴く」の句から。

亀鳴くや縁側で切る足の爪

エアポケットのような時間に聞こえた……気がする。

幽霊の置き忘れたる手拭ひか

人が帰った後に残っている手拭い。誰のもの？　湿って妙に冷たいような。白さも不気味。

膝丈のシャネルのスーツ生身魂

財力とおしゃれへの意欲もあやかりたい。膝はさすがにお年が表れているけれど。

竜淵に潜む鼎《かなえ》は青錆びて

古代中国の青銅器。王権の象徴とか。こすると何か出てきそう。

怪しい！　何もの？

季語

春―猫の恋、花盗人、きつねだな、わかめころし

夏―浮いて来い、筍《たけのこ》流し、竹婦人

秋―威銃《おどしづつ》、鳩《はと》吹く、囮《おとり》、小豆洗《あずきあらい》

冬―枯蟷螂《かれとうろう》、湯婆《たんぽ》、木の葉髪、頬被《ほおかむり》

字面からは、何ものかわからない季語も。

「竹婦人」（夏）……ミセス竹？　なぜ人の名前が季語なの？　歳時記によれば、涼をとるため抱きかかえて眠る竹籠だとか。

説明を読んでもピンと来ないときは画像検索するのが、作句の常。検索すれば、それこそミセス竹の雰囲気の、パッケージ写真からしていかがわしいＤＶＤがぞろぞろ出てきました。

季語は「たけふじん」ではなく「ちくふじん」と読みます。皆さん、現物を見たことも使ったこともないせいか、実体験ではなく言葉からの発想になるので、似たり寄ったりの句になりがちです。くびれがどうこうとか、眠っているうちに蹴ってしまったとか。類想を避けるには、発想をかなり飛躍させないといけなそうです。

天にあらば比翼の籠や竹婦人　与謝蕪村

竹婦人砂丘に起伏ありにけり

一物仕立ての句は類想どまん中にいきそうなので、取り合わせで。夢の中か遠い記憶の中で旅した砂丘の起伏と、くびれをシンクロさせる。

「猫の恋」（春）……も、どこか怪しい雰囲気が。ここは「妖しい」というべきでしょうか。歳時記の説明は「猫の交尾期は年に数回あるが、特に早春の発情期を迎えた猫の行動をさす」。あの、大声でわめきたてたり、騒々しい音でベランダを走り抜けたりするアレか。「発情期」なる語に歳時記で遭遇しようとは。傍題は「恋猫」「猫交《さか》る」「うかれ猫」「孕猫《はらみねこ》」。やりにくい……。

恋猫の眼《まなこ》ばかりに瘠《や》せにけり　夏目漱石

恋猫の踏み外したる段梯子《だんばしご》

「囮」（秋）……別の意味で怪しい。麻薬で囮捜査と聞きますが、刑事物ならいざ知らず俳句でこの言葉と出合おうとは。小鳥狩りの際、小鳥をおびき寄せるために用いた鳥です。過去形で書いたのは、現在は囮猟が禁止されているからです。

パッと見意味がわからないヘンテコ季語は、他にもいろいろ。

「浮いて来い」（夏）……なぜに命令形？　「泳ぎ」が同じ夏の季語だが、それとの関係？

プールサイドの体育教師のかけ声……ではなく、子どもの玩具。筒状の容器に水を満たして、小さな人形を沈め、容器を手で持ち、押したりゆるめたりと圧を変えることで、浮き沈みさせるものです。「浮いて来い、浮いて来い」と言いながら遊んだといいます。

「筍流し」（夏）……これも謎。「素麺《そうめん》流し」が同じ夏の季語にあるけれど、筍は素麺と違って、水を流す竹筒のあちらこちらにつっかえてうまく転がっていかなそうだけど……。なんと風の名前でした。「ながし」は梅雨の頃に吹く湿った南風をいい、「筍流し」は筍が生える頃の「ながし」だとか。詠むとしたら「筍」のイメージを離れ、湿った生ぬるい風のほうから発想し、軽く詠むしかなさそうです。

こんなものまで季語？

季語

春―羊の毛刈る、弁当始、春の灸《きゅう》、こいか

夏―汗疹《あせも》、水中《みずあたり》、夏期講座、まじ

秋―机洗ふ、別れ蚊、ひま、ぐず

冬―嚔《くさめ》、咳、水洟《みずばな》、手足荒る、ほっこり

「こんなものまで季語？」と思うものもあります。字面には謎がなく、何のことだかわかるけど、わざわざ季語にしなくても……と思うもの。ただし、各季節の末尾のひらがなの季語は、実は意外な意味があるので、ぜひ歳時記を調べてみて下さい。「水中」（夏）……歳時記の説明では「水物の取りすぎで下痢を起こすこと」。「嚔」（冬）はくしゃみのこと。「水洟」（冬）は歳時記に「水のようにしたたる薄い鼻汁」と。いや、説明されなくてもわかります。他にも「汗疹」（夏）、「咳」（冬）など。

雅をよしとする和歌ではとうてい題になり得なかった、言ってみれば「身もフタもないもの」が俳句では季語になっていて、堂々と句会の題に出ます。「猫の恋」も同様。この種の季語は、先述のとおり詩歌を庶民が楽しむようになった江戸時代にグンと増えました。

重ねてはほどく足なり暑気中り　西山泊雲

嚔して酒のあらかたこぼれたる

行く人の咳こぼしつゝ遠ざかる　高浜虚子

水洟や鼻の先だけ暮れ残る　芥川龍之介

字面に圧倒される季語

読めますか？　難読季語

季語

春―霾、春灯、蝌蚪、鹿尾菜《ひじき》、春闌《た》く

夏―海霧《じり》、噴井《ふけい》、帰省子《きせいし》、端居、夜濯《よすすぎ》

秋―秋思《しゅうし》、解夏《げげ》、竈馬《いとど》、新松子《しんちぢり》、牛膝《いのこずち》

冬―小晦日《こつごもり》、虎落笛《もがりぶえ》、凍滝《いてだき》、寒弾《かんびき》、海鼠腸《このわた》

※読みがなのないものは、以下の本文参照。

読めない……と呆然としたのが「霾」(春)。歳時記の目次の天文のジャンルにありました。ヒョウとかアラレは雨冠の下が違うし、下だけとれば狸に似ている。ムジナ?いや天文だって……。

正解は「つちふる」「ばい」と読んだり「霾《よな》ぐもり」と読んだりもします。気象用語でいう黄砂のこと。三月から五月にかけて、中国大陸方面から砂塵《さじん》が偏西風に乗ってきて、空がどんよりと黄色っぽく濁ることをいいます。

霾や旗の余白に名の数多《あまた》

視界が半ばおおわれてしまうことや色から、国語で習った「幾時代かがありまして/茶色い戦争ありました」という中原中也の詩を思い出し、そのイメージで作りました。いつの時代も旗の余白に寄せ書きして人を壮行するのは、なんとなく抵抗が……いや、俳句はそこまでのメッセージ性を込めないのでした。

「つちふる」を私の句集のタイトルにしたのは、上記の句とまったく関係がなくて、シリアスな話の後に申し訳ないくらいです。俳句で初めて出合った言葉なのと、4音のタイトルは刺さりやすいかなと。日本人は4音に約《つづ》めるのが好きなようだし(「エキなか」「朝活」など)。でも句集の売れゆきからして、思ったほど刺さらなかったようです。浅慮でした。

「霾」と漢字にしなかったのは、俳句をしない人にはまず読んでもらえないだろうと考えたためです。

そう、俳句で初めて出合う難読漢字があります。「蝌蚪《かと》」(春)もその例。おたまじゃくしのことです。

字は難読ではなく、よくあるのに、正しく読めない季語もあります。句会で披講のとき下五にある「春灯」(春)を私は「春あかり」と読んで「春ともし、です」と正されました。

「春灯《しゅんとう》」の読みもありますが、4音のため「や」を付けて上五に置くことがほとんど。5音で読むなら「春ともし」だそうです。ひと筋縄では行かない。

「端居《はしい》」も一つひとつの漢字は難しくないのに、なかなかこうは読めない。ゼロ俳の人はほぼ例外なく「タンキョ」と読みます。夏に室内の暑さを避けて、縁先や風通しのよい端近《はしぢか》に座を占め、涼をとることをいいます。ひとたび知れば、「端居」という字面を見ただけで、涼しく感じるようになります。

ゆふべ見し人また端居してゐたり　前田普羅《ふら》

伊右衛門に似たる男と夕端居

後者はお茶のＣＭを想像すると心地よく、四谷怪談を想像するとホラー。それはそれでゾクッと涼しそう。

長すぎる季語、カタカナの季語

春――バレンタインの日、バレンタインのチョコレート、ボートレース、メーデー、島原の太夫の道中

夏――アロハシャツ、クーラー、サーフィン、サングラス、サイダー、シャワー、ハンモック、ビヤガーデン、ハンカチの木の花、時鳥《ほととぎす》の落し文、和蘭陀獅子頭《おらんだししがしら》

秋――サフラン、コスモス、カンナ、マスカット、ラ・フランス、レモン、ピーナッツ、ピーマン、水始めて涸《か》る、障子襖《しょうじふすま》を入れる

冬――勤労感謝の日、春日若宮御祭《かすがわかみやおんまつり》、クリスマス、サンタクロース、スキー、スケート、マスク、ブルゾン、ラグビー、ブロッコリー

音数が多すぎて、使いにくそうな季語もあります。いちばん長い季語は「童貞聖マリア無原罪の御孕《おんやど》りの祝日《いわいび》」（冬）で17音をゆうに超えますが、この季語は長さが有名なだけで、長さのために困ることはありません。「聖胎祭」の傍題であり、見出し季語の「聖胎祭」を使えばいいだけのことです。傍題で長い例は、他にもいろいろ挙げられますが（「時鳥の落し文」（夏）、「雀大水《うみ》に入り蛤となる」（秋））、どちらかというと話のタネ的な、トリビア的な季語になります。

作句の上で困るのは、見出し季語が長くて、かつ短い傍題へ逃げようのないものです。「バレンタインの日」（春）、「勤労感謝の日」（冬）が代表例。この二つはよく句会の題に出ます。「バレンタイン」と略してはならないと言われます。それは人の名前だから。「バレンタインの日」「バレンタインデー」「バレンタインのチョコレート」まで言いなさいと。「勤労日」と略すのもNG。「勤労感謝の日」は9音、「バレンタインのチョコレート」は12音で、あと8音、あと5音で何を言うか？　こういう無茶振りも、俳句を楽しむ人は

割と好きです。

連名でバレンタインのチョコレート

義理チョコの句。

宅配のくら寿司勤労感謝の日

自分あるいは家人への慰労、デリバリーの人への慰労、いかようにも読まれたく。

ゲーム感覚でチャレンジしてみては？　制約が多いほどゲームははまります。

「バレンタインの日」のように、カタカナの季語は多くあります。「俳句イコール和」と思っている人は、かなり意外みたいです。

行事季語なら「エープリル・フール」「メーデー」（ともに春）、「クリスマス」（冬）。生活季語ならファッションや食べ物が多いです。「アロハシャツ」「サングラス」（ともに夏）、「セーター」「ブルゾン」（ともに冬）、「サイダー」「ゼリー」（ともに夏）。さらに生活季語

には スポーツ・レジャーもありました。「ボートレース」(春)、「ナイター」「サーフィン」(ともに夏)、「スキー」「スケート」「ラグビー」(いずれも冬)。植物の季語は枚挙にいとまがありません。

セーターに顎《あご》深く埋め自習室

真剣に勉強中。あるいは寝ているとも。

詠みやすい季語と詠みにくい季語が、誰にでもあるものです。題に出ると「困ったな」と思う季語、自由題のとき選びがちな季語。私は植物のジャンルに苦手意識があり、時候や天文のジャンルからつい選んでしまいます。時候や天文の季語は間口が広くて、季語以外のパートと合わせやすいのです。

でも自分にとって使い勝手のいい(季語を「使う」なんて、またまた叱られそうですが)季語ばかり選んでいては、安易になり、マンネリ化します。ために、ここに挙げたような、ひと筋縄ではいかない季語で、あえて作ることをよくします。オモシロ季語は、詠み方を広げるチャレンジになるのです。

ここに紹介したのは、オモシロ季語のほんの一部。ぜひ歳時記を開いて「私のオモシロ季語」を見つけて下さい。

第8章

句会は人間関係の解放区

毎日が窮屈な人におすすめ

素の自分でいられる場

半信半疑ながら、「句会の進め方ガイド」のとおりにしてみて、初めての句会が無事終わりました。「ほんとうにできた」とホッとすると同時に、共に句座を囲んだ人たちの印象が、前と少し違ってはいないでしょうか。

「サバサバした人と思っていたけど、乙女チックな面があるな」「実は社交ダンスに熱中していたとは」「ずっと変わりない顔でいたけれど、近しい人が最近亡くなっていたのか」……初めて句会の実験台になってもらった皆さんの感想です。職場でのつながりで、ふだんから知ってはいても、句会を通して意外な面に気づくことがあるものです。

句会でプライベートな話をするわけではありません。進め方で説明したように、句会はすることが多いし、選と選評を話すので時間がいっぱい。むしろプライベートな話をしなくてすむのが、句会の気が楽なところです。

それでも詠まれた句やそれに関する話から、日頃見せているのと異なる顔を見ることがあります。自分の句が選評されたときの反応、人の句に対するコメントの仕方などから、人となりもわかります。逆に、自分の句に対する選評を聞くことで、自分の中の気づいていなかった面を知ることもあります。

句会を重ねていくことで、相互理解、自分への理解が深まります。

二十年近く、さまざまな句会に参加してきました。今現在は三つで、長いものは十数年になります。句会の人間関係は独特です。勤め先や家族の成員など問われることなく、ほどよい距離感の保たれたまま、だからこそなのか、長続きします。そこでは、利害関係や社会的な地位にまつわる諸々、世代間ギャップもなく、句のみが媒介。さきほど記したとおり、句や選評やそれに対する反応に、人となりが隠し立てようなく表れるので、取り繕う必要がない、というより、取り繕っても仕方ない。素のままの自分で付き合えるホームのような場が、私にとっての句会です。

私は人付き合いを得意とせず、わが家というそれこそホームで、ひとりで何かをしているのが好き。人の集まりへ出かけることは、まずありません。でも句会だけは別。句会は大人になって得た遊び場、心の解放区といえるものです。

句会デビューしても、人によって家族の状況、自分の仕事や体の状況などで参加できない時期があるでしょう。焦らなくてＯＫ。私の参加する句会でも、入院でいっとき離脱する人はいても、復帰すれば昨日の続きの今日のように句を出しコメントしています。入院生活や病気の句はあり、点が入ればみなで鑑賞しますが「何の病気だったのか」とは誰も聞きません。

いつでも戻れて、俳句という共通の趣味を通し、以前と同じように仲間と語れる。生きていればいろいろと変わっていくけれど、その場だけは変わらない。そういう場があるのは、人生にとって大きいことだろうと思います。今はまだ、締切に合わせて作句し選句するのでいっぱいいっぱいですが、この先ジンワリと、句会のありがたみがしみてきそうです。

句会では多様性が当たり前

ダイバーシティ、多様性という言葉をよく聞くようになりました。性別、年齢、国籍、文化的背景、障害の有無などによる別なく、コミュニティーに受け入れられ、個性や能力を発揮できることです。国連の持続可能な開発目標（ＳＤＧｓ）でも、多様性は基本にあります。句会は多様性を実現している場といえます。

句会で名乗るとき「岸本です」ではなく「葉子です」と、あるいは俳号を名乗ることになっています。とまどうし、気恥ずかしいものです。社会生活では苗字を名乗ることに慣れています。なぜかを句会の人に問うたところ、「江戸時代は、武士など一部の人しか苗字を公称できなかったから」と説明されました。句会に身分を持ち込まないのは、そこまで徹底されていたのかと驚きました。

投句、清記、予選、選句、披講、点盛り、合評と、面倒なステップを踏んで進めるのも、多様性を担保するためといえます。第5章で述べたように、自分の句を書いた紙をそのまま回せば、時間を節約できるし、紙の無駄遣いも防げるだろうに、と疑問を感じる人もいるでしょう。けれども、すべての参加者の句が差をつけず平等に扱われるには、徹底して作者がわからないようにする必要があります。

句会を特徴づけるのは「匿名性」です。「上司の句だから選んでおこうか」などの作為が働く余地をなくす。合評まで終わって最後に名乗るのも、句に対するコメントが作者によって変わってはいけないからです（披講で、自分の句が読み上げられたら名乗る句会もあります。選評が先生のみ、もしくは先生が中心に指導的な評を述べる句会でのケースが多いです）。

多様性を支えるしくみがよく考えられ、保たれている句会。俳号……というと昔めきますが、ハンドルネーム気分で俳号を持ってみると、人間関係や日頃の自分からの解放感を満喫できて、句作のアイデアもより広がるかもしれません。

実感できる句会の効用

コミュニケーション術が身に付く

句会で得られそうなことがもう一つ。「特典」をちらつかせて誘うみたいになりますが、それはコミュニケーション術です。句会以外の仕事やプライベートの場で活かせるコミュニケーション術の体得が期待できます。

句会では基本「褒める」と述べました。選ばなかった句についてコメントしないといけないときのテクニックも紹介しました。人のいいところを見る習慣、人を傷つけない言い方、自分の考えとは違うコメントに耳を傾ける姿勢などが、句会への参加を重ねると、おのずと身に付いてきます。でないと楽しめないからです。

初参加の人で、頑なな態度をとったり、周囲を拒むようにうつむいていたりする人はいます。出てきた句や集計結果、自分の句へのコメントに、意に沿わないものがあるのでしょう。五句選なのに「五句も選べる句がなかった」と言ったり、人のコメントに「俳句観の違いだ」と言ったりする人には、私も参加し始めて間もない頃は驚き、内心憤慨したものでした。

でも皆さん割合、大様《おおよう》です。そういう人もいずれ変わる、待つだけのこと、と思うのでしょうか。想定外の事態も受け止める、心の余裕と強さがあるように感じました。

俳句は作者と読者の共同制作と述べました。多様な解釈を可能にする、懐の広さが俳句にはあります。作者が自分の思ったとおりを伝えるには、17音は短いので、読者がそれぞれの仕方で切れの余白を埋めたり、季語の内包するさまざまなものが読者の中でふくらんでいったりすることに、期待し任せる他はない。もちろん作者は「こういうことを、読者の胸に届けたい」とか「こういう景が、読者の眼前に立ち上がるようにしたい」と思って努力しますが、そうして作った17音が、投句という形で自分のもとを離れたら、読者の読みを信じるしかないのです。

前に、外交に関わる人の書いた文章で、正確な引用ではないのですが次のようなことを読んだ記憶があります。「最強の交渉術は、交渉を捨てて相手の懐に飛び込むことだ」と。交渉の弁証法と呼んでいたと思います。弁証法とは、ひらたく言えば、矛盾や対立する二つが統一され、より高い次元へ向かうことです。

俳句の詠みと読みの関係はそれと似ていると、句会に出るようになり思いました。作句に自分なりの考えと策を尽くしたら、できあがった17音を、つべこべ言わずそのまんま、相手の懐へ投げ入れる他はない。それによって自分の句が思いもよらない高みへ行くことがあるかもしれないと。

知らなかった自分に気づく

大人はゴールを決めて何かをすることに、慣らされています。仕事では目標を定めて、達成のため逆算して計画を立て、効率よく進めることが求められます。私生活でも同じような習慣が付いているのではないでしょうか。

俳句ではそれがなかなか通用しません。ゴールを決めて五七五を作り上げたつもりでも、思いきって投げてみたら、着地点は思ったのと違う方向だったり、はるか遠くだったりすることが起こり得ます。俳句が自分の行く先を導いていくような面白さがあるのです。

誰もが自分の枠組みの中でものごとをとらえます。年とともに枠組みは固定化しがちです。自分の中から出た五七五が、自分のもとを離れて、予想以上に大きな軌跡を描いて飛んでいったとき、自分が頭で考えたことなどいかに小さいかを思い知ります。それは挫折感とは対極の、ある種の爽快感をもたらす体験です。

叙景詩、叙情詩という呼び方があります。叙景は「景を書き表す」こと。叙情は「心情を述べ表す」ことと、辞書的には説明されます。もう一つ叙事詩もありますが、ここでは言及しません。

俳句では心情を直接述べる言葉を使わない、景が見えるように作る、と教わったとき「俳句は叙景詩なのだな」と私は思いました。

けれども思いがまったく入らないことはあり得ません。どういう景にひかれるか、どういう言葉で作るか、選んで、探し、入れ替える過程で、内面が整理されていきます。できあがった五七五には内面が反映されます。心情を「述べ」ることはしなくても、おのずと「表れ」ているのでしょう。自分が意識しなくても。

叙景詩であるからこそ、読者が景から読みとった心情により、作者が逆に意識していなかった自分の面に気づくという、動的な事態も生まれます。具体的なほうがピンと来てもらいやすいかと思うので、図式的にはなりますが、例を作って説明を試みます。

たとえばクリスマスパーティーの会場を詠んだとします。作者の目は隅のパイプ椅子に留まりました。〈聖誕祭部屋の隅なるパイプ椅子〉。季語は「聖誕祭」。「クリスマス」の傍題です。

句会に出して、選んだ人の鑑賞は次のようなものでした。「ツリーやプレゼントの箱など華やかなものがたくさんあるだろう中で、パイプ椅子に着眼したのがいい。パイプ椅子は目立たないけれど役に立つもの。作者はきっと地に足の着いた人なのだろう」。

作者は意外です。えっ、この句が「地に足の着いた」ことの表れになるのかと。自分ではそういう意識はなかった。たまたま目に留まったものを句にしただけ。なぜ目に留まったかをしいて言うならたぶん、社交下手で、パーティー会場がどうも居心地の悪い自分としては、片隅の椅子、それも装飾性のある椅子ではなく、みすぼらしいといえばみすぼらしいパイプ椅子に、シンパシーを覚えたから。でも「地に足の着いた」と評されれば、そういう面はあるかもしれない。日々の暮らしに決まったリズムのあるほうが落ち着くし、ものごとを割と計画的に進めたいほうだし。

「社交下手」が自分にはめた枠組みとすれば、自分の作った句とその読まれ方が、枠組みからの解放となったのです。

図式的にはなりましたが、言わんとすることをなんとかお伝えできたでしょうか。

〝あいにく〟と言わない暮らし

「俳句には〝あいにく〟がないから」。俳句の先生が言いました。桜を詠みにいくつもりでいて、その日が雨であったなら、雨の桜を「あるがまま」に詠むだけのこと。桜がすでに散っていたら、散った桜を詠めばいい。ふだんの生活ではよく「あいにくの雨で」と挨拶代わりに言いますが、そのとらえ方は、俳句にはないのだと。

「あいにく」のない俳句を続けていくと「想定外」との向き合い方が柔軟になりそうです。想定外のことが起きても「こんなはずではなかった」と落胆したり恨みがましい気持ちになったりしないで、あるがままを受け入れ、頭と心をリセットできる。そんな姿勢が、俳句を通して身に付きそうに思います。

句会について言えば、気負いがなくなるのも効用の一つです。俳句を始めて間もない頃、たまたま挨拶する機会のあった先生に「君って、勝ちに行くタイプでしょう？」と言われました。いささか心外ではありました。俳句で競争しようなどと思っていない、ゼロからスタートしたばかりの自分が、句会で人よりいい点を取ろうとか、負けたら嫌だとか考えるわけない、と抗弁したくはありました。

今振り返ると「いい句を作らねば」という、私の中にある切望を見透かされていたのだと思います。句会で兼題が出ていれば、その季語の例句を読み込みました。試験でもないのに「過去問から傾向と対策を練る」ような取り組み方です。吟行句会もそうでした。吟行句会は、メンバーで決めた場所を訪ね、行った先で出合ったものを詠んで句会をするものですから、予習は本来できません。それでも私は、予習して臨みました。行った先で出合いそうなものを考え、使えそうな季語を調べて、例句を読んでいったのです。初心者なりに思う俳句「完成度」のようなものがあり、そこへ少しでも近づけたいのでした。

「上手い句を作りたい」という考えは、自分に禁じていました。初心者が上手い句を作ろうとすると、その欲は必ずあざとさになる。あざとさは、俳句を読み慣れた人にはすぐに目につき、もっとも嫌うものだろうと。けれども上記の姿勢は、「俳句が上手くなりたい」と思っているのに他ならないのでした。

けれど結果は、ある意味で努力を裏切ります。予習して時間をかけて作った句が、人に響かない一方で、出句数に合わせるためその場で慌てて作った句が選に入って、よく評される。その体験を重ねるうちに、力を抜くことを覚えました。変に真面目な性格の私ですが、「いい句を作らねば」という気負いは、しだいになくなっていきました。

自分なりの完成度をめざして、そこへ向けてできる準備をすることは、日常生活の多くの場面でだいじにはなります。でもそれを「唯一」とか「正しい」とかと思ってしまうと危険です。

自分なりの「完全」を達成できたと思っても、まったく有効でなかったり、実は不完全であったりする。句会はそれを学ぶ場で、その学びは句会以外の人間関係や日常生活を、よりスムーズにする気がします。

詠み続けることで自由になる

「はからい」から脱する

俳句を始めたからには、「上手くなりたい」と願うのは、自然なことです。他方、上手く作ろうとすると、あざとくなりがちなのも事実です。たった17音なので、何も言っていないようで不安で、何か込めたく、ひらたく言えば「盛りたく」なるのです。哲学とか人生観とか。俳句を読み慣れた人は、そういう混じりものには敏感です。

高浜虚子は、俳句を今の私たちが親しんでいる形にした人です。俳諧連歌と切り離した俳句を考案しながら病気で志半ばに終わった正岡子規の後を受けて、今の形に整えました。その虚子がもっとも忌んだのは「小主観」でした。「極めて小さい主観で、理屈っぽい主観で、また平凡な主観で、また陳腐な主観」(『俳句の作りよう』)。「中には自分の感じを諷《うた》おうとして手っとり早く作者の主観を述べた句、若《も》しくは作者の主観に依《よ》って事実をこしらえ上げた句等は、私等から見ると外道である。」「心に感動なくて何の詩ぞや。それは言わないでも分っている事である。ただ、作家がその小感動を述べて得々としているのを見ると虫唾《むしず》が走るのである。」(『俳句への道』)と、俳句を作ってみたい気持ちが萎えてしまいそうな、辛辣《しんらつ》な言葉が並んでいます。

私の参加した句会では……人の句をそのまま引くわけにいかないので似た例を作ると、「春雨」の題で〈春雨や情けは人の為ならず〉という句を出した人がいました。選んだ人もいました。先生はひとこと「そういうことを言うのが俳句と思っているのですね」。居合わせただけで震え上がるような場面でした。上手いことを言おうとする、ただ景を叙するだけでなく何か意味を持たせようとする。そうした賢《さか》しらさやはからいには、厳しい視線を向けられます。

「自分が頭で考えたことなどいかに小さいか」と書きました。それは謙遜とか、いい人ぶっているとかではなく、虚子の「小主観」の「小」が、あのゾッとする体験が私に警鐘を鳴らすのです。主観、ひらたく言えば私がそう感じた、考えたということは、誰にも否定しようがなく、その意味で真実ではあるけれど、特別ではない。他の人も似たようなことを感じたり、考えたりしているもの。そうした謙抑を忘れては、虚子の言う「小感動を述べて得々としている」になってしまうのだと。

「あるがまま」を体験する

「賢しらさ」「はからい」という言葉が出たのは、森田療法の影響かもしれません。森田療法は森田正馬《まさたけ》（１８７４〜１９３８）が大正時代に創始した独特の精神療法です。詩人の中原中也や戯曲家・評論家の倉田百三《ひゃくぞう》が癒しを得たことで知られ、今もさまざまな病院や医療機関で行われています。私は療法を受けたことはありませんが、著作集をそのときどきの関心に合わせて読んできました。森田療法そのものを知るには、著作集をお読みいただき、ここには俳句からの関心に響くところを、私の受け止め方で記します。

森田療法の考え方を示す言葉に「柳は緑、花は紅」があります。柳を紅に、花を緑に思わなければならないならば、これほど苦しいことはない。心をどうやりくりしようと、柳は緑、花は紅である。「自然に服従し、境遇に従順である」のが真の道なのだと、森田は説きます。

ここまでずっと読んできて下さった方はお気づきでしょう。「はからい」の対極にあるのが「あるがまま」、「賢しらさ」の働きようのないのが「あるがまま」です。

詠んだ句を読みの空間へ送り出し、大きくはばたいていくさまから、自分の頭で考えたことの小ささを知る。自分の枠組みから自分を解き放つ。「あるがまま」を受け入れる。小難しいことを書きましたが、何も特別な心の鍛錬をしようと言うのではありません。

句会で、思いもよらぬ鑑賞にふれたとき、雨なら雨の桜を詠むとき、席題で時間に追われ、何か意味を込めようとか考える暇なく無心で五七五を数えているとき、おのずと体験しているのです。

付録

句会
スターターキット

＊各ページをコピーしてお使いください

10分あれば1句はできる
俳句促成シート
（季語リスト付き）

五七五を季語パートとそれ以外のパートに分けて考えます。
手順は二択。あなたはどちら？

A：季語を先に決めたい人　❶→❷→❸→❹　の順で進めます。
B：季語は後から決めたい人　❷→❸→❶→❹　の順で進めます。

❶
「季語パート」の季語を190ページの季語リストから選ぶ（a）。

a

★アドバイス
4音の季語でも「や」を付けて五七五の最初に置けばだいじょうぶ（58ページ参照）。

2 「それ以外のパート」の「俳句のモト」を挙げる。

今日何を見た？ 例：鏡、玄関ドア、エレベーターの階数表示、店のシャッター　など

（　　　、　　　、　　　）

何をした？ 例：身支度をした、朝食をとった、出勤した　など

（　　　、　　　、　　　）

何を使った？ 例：歯ブラシ、マグカップ、鍵、定期、電車　など

（　　　、　　　、　　　）

何を聞いた？ 例：水の音、ゴミ収集車の音、改札の音、車内放送　など

（　　　、　　　、　　　）

どこを通った？ 例：マンションの集合玄関、商店街、駅　など

（　　　、　　　、　　　）

★成功率を上げるコツ

・右に挙げたものをなるべく具体的なモノゴトにする（15ページ参照）。

例：朝食→トースト、ゆで卵、コーヒー

・「それ以外のパート」は季節感のなさそうなものにする（18ページ参照）。

3 ②のどれかの「俳句のモト」を使って、12音のフレーズを作る（b）。

例：トースト→トーストの耳まで食べて

ゆで卵→半分に割るゆで卵

b

★成功率を上げるコツ

「嬉しい」「寂しい」などの気持ちを表す言葉を入れないようにする（19ページ参照）。

「それ以外のパート」の出来上がり。

4
aとbを合体させる。

a

+

b

1句完成！

季語リスト

ここにないものを使っても、もちろんOK

春

2月4日頃の立春から立夏の前日まで

淡雪、春風、春寒し、石鹸玉《しゃぼんだま》、花見、卒業、新社員、昭和の日、蝶《ちょう》、燕《つばめ》

夏

5月6日頃の立夏から立秋の前日まで

梅雨、夕立、ビール、髪洗ふ、扇風機、花火、祭、昼寝、新緑、蟬《せみ》

秋

8月8日頃の立秋から立冬の前日まで

月光、台風、栗ご飯、灯火親し、秋祭、冬支度、紅葉、コスモス、雁《かり》の列、蜻蛉《とんぼ》

冬

11月8日頃の立冬から立春の前日まで

凩《こがらし》、雪、冬の原、おでん、セーター、日記買ふ、クリスマス、節分、落葉、大根、水鳥

新年

元旦から1月7日までと小正月《こしょうがつ》（1月15日前後）

元日、雑煮、初詣、初電話、新年会、成人式

＊第4章の106〜108ページでも、初心者が使いやすい季語を紹介しています。

ゲーム感覚で「今・ここ」で始められる

句会の進め方ガイド

句会では、誰の句かわからなくして、好きな句を選び合います。読むと複雑そうですが、このとおりに進めれば案外とできます。

集合

- 回覧をしやすい並び方で着席。
- 題を決める（前もって決まっているなら次の「投句」へ）。

投句（提出）

- 幹事（進行役）は198ページの**投句用紙**を切ったもの（短冊）を投句数の分だけ配る。

投句数・締切時間は参加者に見えるように、どこかに書いておくと便利。

1人（　）句・（　時　分まで）

- 短冊1枚に1句を書いて提出。

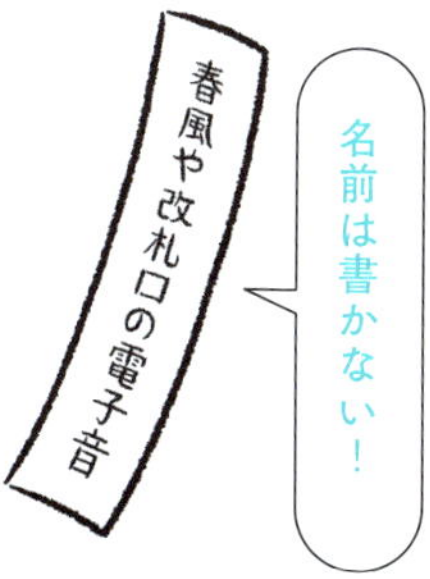
春風や改札口の電子音
名前は書かない！

清記（清書）

- 集まった短冊をよく混ぜて、みなに同じ枚数ずつ配る。
- 199ページの清記用紙を1人に1枚ずつ配る。「名前」欄に自分の名前を書く。
- 配られた短冊の句を、清記用紙の1行に1句書き写す。
- 幹事が「1」と言ったら左隣の人が「2」、その左隣の人が「3」……というふうに、時計回りの順に数字を言い、自分の言った数字を、清記用紙の右上の「番号」欄に書く。

1
2
3
4

● 清記し終わったあたりで、選句数を決める。

選句数は参加者に見えるように、どこかに書いておくと便利。

←　（　　）句選うち1句特選*

*特選は、特に好きな句。特選を設けなくてもいい

予選（下選び）

● **予選用紙**と選句用紙（200・201ページ）を1人に1枚ずつ配る（予選用紙を配らず、自分のノートやメモ用紙で代用してもいい）。

● 清記用紙を読み、好きな句があったら清記用紙の番号とともに予選用紙に書き写す。選句数より多めに書き写しておく。

● 書き写したら、清記用紙を右隣の人へ、反時計回りに渡す（取りやすいところへ置いておく）。その繰り返しですべての清記用紙を回覧して、

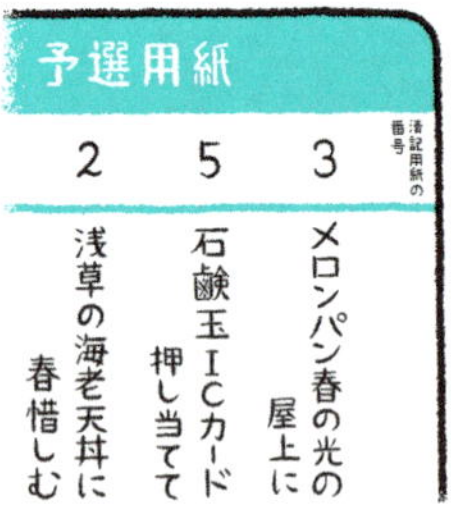

予選用紙
清記用紙の番号
3
メロンパン春の光の屋上に
5
石鹸玉ICカード押し当てて
2
浅草の海老天丼に春惜しむ

自分の句は選ばない！

反時計回りに回覧

好きな句を書き写しておく。

- 自分の書いた清記用紙が回ってきたら、自分の前に留め置く。予選終了。

選句（本選）

- **選句用紙**の出番。予選した中から決められた数の句を選んで、選句用紙に書き写す。「清記用紙の番号」欄には、句とともに予選用紙に書き写しておいた番号を記す。右下の「名前」欄に自分の名前を書く。

披講（本選の発表）

- みなが選句し終わったら、自分の選句を次のようなセリフで発表する。

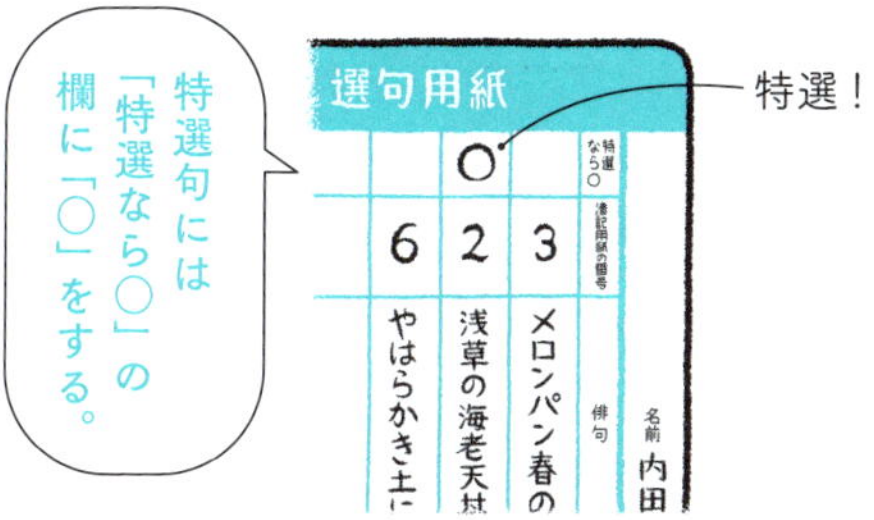

発表する人「×××（自分の名前）**選**　**○番**（清記用紙の番号）」
○番の清記用紙を持っている人「**はい**」
発表する人「〜〜〜〜〜　〜〜〜〜〜〜〜　〜〜〜〜〜（選んだ句）」
（自分の句が読まれてもリアクションしない！）
○番の清記用紙を持っている人「**いただきました**」
発表する人「×××（自分の名前）**特選**」**（特選は最後に発表する）**
「**以上、**×××（自分の名前）**選でした**」**（↑結びのセリフ）**

●○番の清記用紙を持っている人は、発表した人の名を「選んだ人」欄に書く。

点盛り（集計）

●参加者全員が発表したら、自分の清記用紙で、選んだ人のいた句を1人につき1点、特選なら1人につき2点として得点を集計し「得点」欄に記入。幹事へ提出。

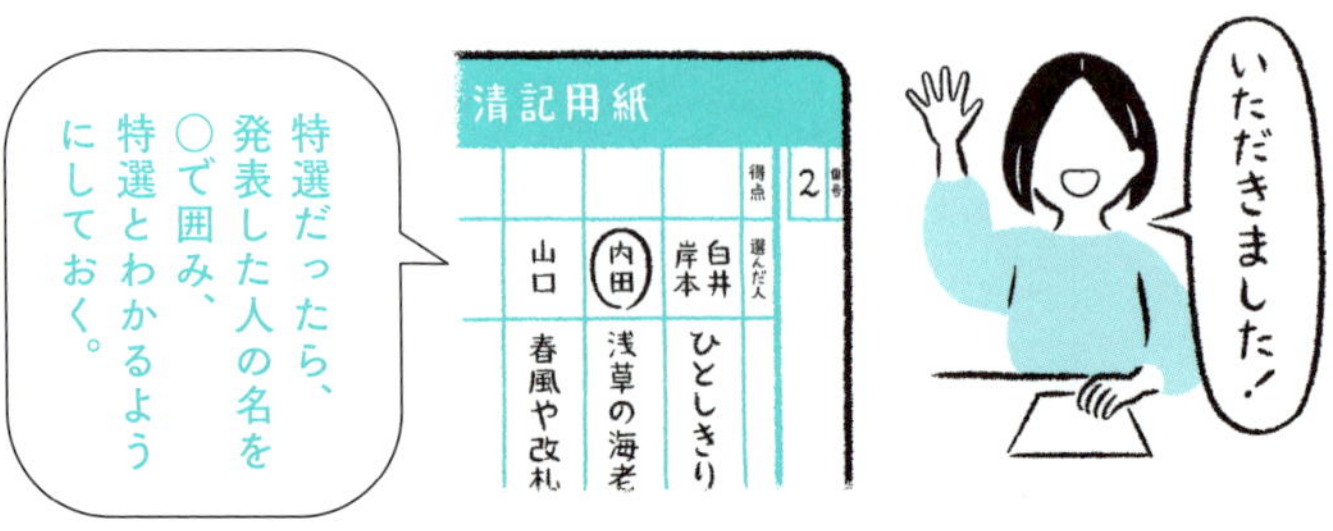

合評

（コメントと作者の発表）

- 幹事の進行で、点の入った句につき話し合う（高得点順でも、清記用紙の1番から順にでもいい）。
- 1句ずつにつき、選んだ人に、選んだわけ・どこが好きかなどを聞く。その上で幹事が「作者はどなたですか？」と聞く。
- 作者が「△△△です」と名乗る（名乗り）。
- 幹事は清記用紙の「作者」欄に「△△△」と書いて、次の句へ進む。次の句についても、選んだ人に、選んだわけ・どこが好きかなどを聞く。その上で幹事が「作者はどなたですか？」と聞く。
- 作者が名乗る。……以下、同様に合評＋名乗りを繰り返す。
- 点の入ったすべての句の合評と名乗りが終わったら、句会は終了。

投句用紙（短冊）

＊線部分で切る。　＊切った１枚に１句書く（自分の名前は書かない）。

清記用紙

番号	
名前	

得点						
選んだ人						
俳句						
作者						

予選用紙

＊この中から（　）句選。うち１句を特選にする。
＊句とともに清記用紙の番号も書き写す。＊全句は書き写さない。

清記用紙の番号

清記用紙の番号

選句用紙

名前

特選なら○

清記用紙の番号

俳句

句会に適した人数、場所、持ち物は？

「いきなり句会」でとまどわないために、句会の実際＋お役立ち情報を記します。幹事になるにも、参加するにも、周りの人を誘ってみるにも、これらのことを知っておくと安心です。無理なく楽しむのが、上達への道！

人数

五名から十五名ぐらいが進めやすいです。数十名とか、百人を超える会もありますが、合評するなら上記の規模が適しています。会場探しもしやすいです。

俳句の先生がいる句会、いない句会

参加者に俳句の先生がいない句会は、基本的に選んだみなが選評を述べます。幹事さんは、そのつもりで時間配分を。先生のいる句会では、合評でも先生のコメントが最後になります。人数が多いと、先生だけコメントすることもあります。

場所

レンタル会議室、喫茶店の個室、カラオケルーム、コミュニティセンターなどいろいろ。コメントが聞き取れるよう、周囲とある程度「隔離」されるほうがいいです。

服装・持ち物

和服やスーツの必要はまったくなし。長時間座り続けて、書く、紙を回すなどの作業もあるので、着慣れた服がいちばんです。

持ち物は、筆記用具、歳時記、国語辞典（電子辞書をおすすめ）の三つはマスト。歳時記は、季節ごとに五分冊になっているハンディタイプで、その季節の分冊＋新年の分冊から切り取った季語の総索引が便利。電子辞書は、大歳時記の入っているものを選ぶと、併用できます。

意外な便利グッズが、カバンを机に掛けるバッグフック。場所は人数に合わせて選ぶので、カバンを置ける椅子やスペースはないことが多いです。

岸本 葉子
（きしもと・ようこ）

1961年鎌倉市生まれ。東京大学教養学部卒業。エッセイスト。著書に『エッセイの書き方』（中公文庫）、『60代、不安はあるけど、今が好き』（中央公論新社）、『おひとりさま、もうすぐ60歳。』（だいわ文庫）、『60歳、ひとりを楽しむ準備』（講談社＋α新書）、『60代、ひとりの時間を心ゆたかに暮らす』（明日香出版社）、『岸本葉子の暮らしの要』（三笠書房）など多数。2008年テレビ番組「NHK俳句」出演をきっかけに俳句を始め、2015年より同番組の司会を7年間担当、2021年よりラジオ番組「ラジオ深夜便」に「岸本葉子の暮らしと俳句」コーナーを4年間担当し、俳句との縁を深める。俳句に関する著書に『俳句、はじめました』『私の俳句入門』（ともに角川ソフィア文庫）、『俳句、はじめました　吟行修業の巻』（角川学芸出版）、『俳句で夜遊び、はじめました』（朔出版）、『岸本葉子の「俳句の学び方」』（NHK出版）、『毎日の暮らしが深くなる季語と俳句』（笠間書院）、初の句集『つちふる』（KADOKAWA）など。俳人協会会員。日本文藝家協会会員。

ゼロから俳句 いきなり句会

毎日と人間関係がラクになる、「初めての人」の俳句入門

2025年5月5日　初版第1刷発行

著者……岸本葉子
発行者……池田圭子
発行所……笠間書院

〒101-0064　東京都千代田区神田猿楽町2-2-3
電話：03-3295-1331　FAX：03-3294-0996

ISBN 978-4-305-71041-3

装幀・デザイン・本文組版……井上篤（100mm design）
本文イラスト……白井匠
編集協力……種田桂子（イシス）
印刷・製本……平河工業社

https://kasamashoin.jp